KB114194

MAJOR LEAGUER

메이저리거

FUSION FANTASTIC STORY

강성곤 장편 소설

메이저리거 7

강성곤 장편소설

초판 1쇄 찍은 날 § 2016년 4월 5일
초판 1쇄 펴낸 날 § 2016년 4월 12일

지은이 § 강성곤
펴낸이 § 서경석

편집책임 § 김현미

펴낸곳 § 도서출판 청어람
등록번호 § 제387-1999-000006호
등록일자 § 1999. 5. 31
어람번호 § 제1-2394호

주소 § 경기도 부천시 원미구 부일로 483번길 40 서경B/D 3F (우) 14640
전화 § 032-656-4452 팩스 § 032-656-4453
http://www.chungeoram.com
E-mail § chungeorambook@daum.net

ISBN 979-11-04-90731-9 04810
ISBN 979-11-04-90490-5 (세트)

MAJOR LEAGUER

메이저리거

FUSION FANTASTIC STORY

강성곤 장편 소설

청어람
도서출판

목차

제1장

대기록, 그리고 꿈의 무대로 2

　자신의 방 침대에 몸을 던진 민우가 돌연 숨을 크게 내쉬었다.

　"후아, 이것도 일이네."

　인터뷰를 보는 것과 직접 인터뷰의 대상이 되는 것에는 많은 차이가 있었다.

　그저 선 채로 기자의 질문에 대해 적절히 답변하는 것이 전부였지만 혹여나 말실수를 할까, 오해를 사지 않을까, 건방져 보이지 않을까 하는 등의 생각에 머리를 굴리다 보니 어느새 경기를 뛴 것보다 더욱 힘이 드는 느낌이었다.

　하지만 이런 인터뷰는 오늘이 처음이자 마지막이었다.

마이너리그에 있는 동안 이만한 대기록을 만들 기회가 다시 찾아오지 않는 한, 오늘처럼 수많은 기자의 앞에 서는 일은 생기지 않을 것이었다.

'메이저리그는 이런 일을 매일같이 해야 한다는 말이지?'

민우의 뇌리에 한 기사가 떠올랐다.

메이저리그에서는 매일매일 경기가 시작할 때부터 끝날 때까지, 담당 기자부터 시작해서 칼럼니스트까지 선수들의 입에서 무언가 나오기만을 바라며 그들을 찾아온다고 한다.

또한 선수들이 그들을 상대로 말 한 마디를 잘못 꺼냈다간 곧장 가십 기사가 만들어져 한동안 고역을 치르게 된다는 등의 내용이었다.

잠시 미간을 찌푸렸던 민우였지만 곧 고개를 가볍게 저었다.

'메이저리거가 된다면야 이런 인터뷰가 대수겠어. 얼마든지 해준다.'

9월 로스터 확장까지는 한 달도 채 남지 않은 상태였고, 잠깐의 부상이 있었지만 민우의 성적은 순조롭게 계약 조건을 넘어서고 있었다.

이변이 없는 한, 민우의 메이저리그 승격은 확실시되고 있는 상황이었다.

'앞으로 조금만, 조금만 더 달리면 돼.'

꿈의 무대에 오르는 상상에 기분이 좋은 듯 민우의 입꼬리가 천천히 말려 올라갔다.

민우의 기록 달성 실패 소식과 함께 민우의 인터뷰 내용이 더해진 기사는 곧 각종 사이트에 게시되기 시작했다.

9경기 연속 홈런 기록이라는 전대미문의 기록에 대한 관심은 뜨거웠기에, 경기를 직관한 이들부터 미처 경기를 보지 못해 뉴스를 통해 소식을 접한 이들까지 뉴스 사이트로 몰려들기 시작했다.

그리고 기록 달성에 실패했다는 소식과 함께 기사 아랫부분에 달린 민우의 인터뷰에 모두의 관심이 쏠렸다.

인터뷰에는 야구라는 스포츠와 기록, 그리고 팬들을 대하는 민우의 자세가 담겨 있었다.

민우의 이런 올곧은 자세는 야구팬들의 가슴에 강하게 불을 지폈고, 비록 새로운 기록을 달성하지 못했음에도 민우를 향해 엄지손가락을 치켜세우는 반응을 보였다.

─이 시대에 보기 드문 바른 선수다. 감동받았어.

─처음엔 어디서 툭 튀어나온 녀석인가 했는데, 도전 정신이 꽤나 인상적인걸.

─이거야말로 진정한 스포츠맨십이지! 이 녀석, 다시 봐야겠는데?

─더블A에서 5할 타율에 16홈런을 때리고 있던데, 이 성적

이면 9월 승격은 확실하겠네.

—다저스의 외야를 맡겨도 걱정이 없겠어.

＊　　　＊　　　＊

민우의 대기록 무산과는 별개로 채터누가의 행보는 거침이 없었다.

민우의 합류로 인해 타선의 무게감이 더해졌고, 4번 타자의 뒤를 든든히 받쳐주는 민우의 존재감은 상대 투수가 4번 타자와의 승부를 쉬이 피할 수 없게 만들며 그 시너지 효과를 톡톡히 발휘하고 있었다.

채터누가는 머드캣츠와의 잔여 경기를 3전 전승으로 가져간 것에 이어, 테네시 스모키스와의 홈 5연전 중 1, 2차전까지 승리로 가져오며 거침없는 행보를 보이고 있었다.

이 기간에 치러진 5경기에서 채터누가는 단 한 번의 패배도 없이 5승을 거두는 쾌거를 올리고 있었다.

이 기간 동안 민우의 활약은 단연 돋보였다.

22타석 19타수 10안타(4홈런) 7타점 7득점 2도루 3볼넷 타율 0.526.

누구도 범접할 수 없는 기록을 써 내려가는 민우의 모습에 채터누가 팬들의 환호는 그칠 줄을 몰랐다.

8월 14일 토요일.

테네시 스모키스와의 3차전은 늦은 낮 경기로 예정되어 있었다.

하지만 햇볕이 내리쬐는 그라운드에는 아직 단 한 명의 선수도 나와 있지 않은 상태였다.

오늘 경기의 팀 훈련은 11시로 예정되어 있었기에, 지금이 이른 아침이라는 것을 짐작할 수 있었다.

푸슝!

따악!

하지만 경기장 한쪽에선 경기장의 정적을 깨는 소리가 들려오고 있었다.

민우는 여느 때처럼 누구보다 먼저 일어나 아침 일찍부터 실내 훈련장에 자리를 잡은 상태였다.

이런 시간에 민우를 찾는 사람이 있다면 채터누가에 소속된 그 어떤 사람이라도 1초의 고민도 없이 실내 훈련장을 가리킬 정도로 민우의 아침 훈련은 그의 루틴과 같았다.

타다닷!

그리고 그런 그를 만나기 위해서인지 누군가가 급한 몸짓으로 실내 훈련장으로 향하는 통로를 달려가고 있었다.

푸슝!

따악!

쾅!

피칭 머신이 쏘아 보낸 공을 때려냄과 동시에 들려오는 거친 충격음에 민우가 당황한 표정을 지어 보였다.

"뭐지?"

민우는 혹시나 피칭 머신에 문제가 생긴 것인가 하는 생각에 곧장 피칭 머신을 정지시켰다.

곧 기계음이 잦아들자, 기계음을 대신해 민우를 부르는 헐떡이는 목소리가 들려왔다.

"민우!"

목소리가 들려온 방향은 실내 훈련장의 입구였다.

고개를 돌려보니 입구에는 샌즈가 숨을 헐떡이며 서 있는 모습이 보였다.

그 모습을 발견한 민우가 어리둥절한 표정으로 배트를 내려놓고 그에게 다가갔다.

평소의 샌즈라면 절대 이 시간에 나타날 리가 없었기에 민우의 표정에는 의문이 차오르고 있었다.

"샌즈? 뭐가 그리 급하기에 머리가 그렇게 떡이진 채로 여기까지 달려온 거야? 무슨 일이라도 생긴 거야?"

민우의 물음에 숨을 채 고르지도 못한 샌즈가 곧장 손에 들고 있던 스마트폰을 민우에게 들이밀었다.

"이거 봐봐! 후우, 이거… 너희 나라 맞지?"

"뭔데 그래?"

대답 대신 스마트폰을 내밀며 질문을 던지는 모습에 민우가 빠르게 폰을 받아 들었다.

그리고 곧 민우의 두 눈이 크게 떠졌다.

스마트폰의 화면에는 메이저리그 홈페이지가 띄워져 있었는데 그 메인 뉴스 페이지에 걸린 기사에는 민우가 알고 있는 두 명의 타자의 사진이 걸려 있었다.

그리고 그 아래에 쓰인 내용을 확인한 민우가 헛웃음을 짓고 말았다.

'둘 다라고?'

〈한국 프로야구 로키 자이언츠의 이호대와 LC 트윈스의 강태성이 9경기 연속 홈런 기록 동반 달성… 새로운 세계 기록이 세워지다. 한국 프로야구는 경경사.〉

연속 홈런 기록은 한 명이 달성한다고 해도 엄청난 기록이었다.

그런 대단한 기록이었기에 마이너리그에서 새로운 기록을 달성할 뻔했던 민우에게도 엄청난 관심이 쏟아졌던 것이었다.

그런데 민우가 결국 달성하지 못했던 기록이 일주일도 안 되어 한국에서 달성되었다.

그것도 한 명이 아닌 두 명이 같은 날.

'9경기 연속 홈런 기록이 한국 프로야구에서, 그것도 두 명이 같은 날에 달성하다니. 이건 정말 경경사네.'

샌즈가 귀찮음을 무릅쓰고 달려올 만한 소식이었다.

한국에서 한날에 두 선수가 새로운 기록을 세웠다는 것은 놀랍기 그지없었다.

한편으론 머리로만 알고 있던 기록이 현실로 다가오는 느낌에 민우의 눈빛이 매섭게 빛났다.

곧, 민우가 표정을 굳힌 채 조용히 샌즈에게 휴대폰을 건네주었다.

그 모습에 아차 싶었는지, 샌즈가 조심스레 물음을 건넸다.

"민우, 괜찮은 거야?"

"응? 뭐가?"

"괜히 나 때문에 괜한 기억이 떠오른 건 아닌가 해서."

샌즈의 어울리지 않는 조심스러운 표정과 말투에 민우가 피식 웃으며 고개를 저었다.

"무슨 소리야. 이런 소식을 전해주기 위해서 소중한 아침잠까지 포기하고 달려와 줬잖아. 오히려 고마운걸. 그리고 기록 달성에 실패한 것에 대한 아쉬움 같은 건 그날 이미 다 털어냈다고. 그러니 신경 쓰지 마."

샌즈의 걱정과 달리 아쉬움과 같은 감정은 전혀 생기지 않고 있었다.

오히려 8개였던 기록이 9개로 바뀌자 호승심이 일었다.

그들의 기록을 다시 뛰어넘고 싶어졌다.

민우는 곧장 배팅케이지로 들어가 피칭 머신을 작동시켰다.

푸슝! 따악!

푸슝! 따악!

피칭 머신이 공을 내뱉는 소리와 정갈한 타격음이 일정한 간격을 두고 반복되고 있었다.

'이 녀석이라면 분명 다음에는 기록을 달성할 수 있을 거야.'

샌즈는 왠지 믿음직스러운 민우의 뒷모습을 잠시 지켜보더니 곧 천천히 몸을 돌려 실내 훈련장을 빠져나갔다.

*   *   *

LA에 위치한 보라스 코퍼레이션의 사무실.

퍼거슨의 사무실 책상에 이런저런 서류들이 널려 있었다.

하지만 퍼거슨의 눈은 책상 위가 아닌 노트북의 화면을 바라보고 있었다.

한국 프로야구에서 새로운 기록이 세워졌다는 소식은 민우의 활약을 바탕으로 니케와 줄다리기를 하던 에이전트 퍼거슨의 귀에도 들어갔다.

'이러면 저쪽에도 패가 하나 더 생기는 건데. 조금 더 빨리 움직여야겠어.'

생각을 마친 퍼거슨이 계약을 위해 급히 움직이기 시작했다.

                    *   *   *

　한국에서 9경기 연속 홈런 신기록이 달성되고 2일 뒤, LA에 위치한 니케 서부 지역 담당 사무실.

　사무실 안쪽에 자리한 업무용 책상에는 서류 뭉치가 이리저리 놓여 있었다.

　그리고 두툼한 손이 오고가며 서류들을 살펴보며 고심하는 모습을 보이고 있었다.

　2 대 8 가르마의 단정한 포마드 헤어스타일에 잘 어울리는 턱수염을 적당히 기른 남성이 가끔 '흐음' 하는 소리를 내며 모니터와 서류를 번갈아 바라보고 있었다.

　띠리링!

　책상 구석에 놓여 있던 키폰이 울리는 소리에 남자의 시선이 서류에서 떨어졌다.

　삑.

　"예."

　버튼을 누르자 곧 스피커에서 비서의 목소리가 들려왔다.

　"미스 퍼거슨께서 오셨습니다."

　퍼거슨이라는 이름을 들은 남자가 굳은 표정으로 고개를 끄덕였다.

　"안으로 모시도록 하세요."

"알겠습니다."

삑!

키폰에서 손을 뗀 남성은 잠시 숨을 고르더니 자리에서 천천히 일어나 거울 앞으로 다가갔다.

곧, 목에 맨 넥타이를 단정히 매만진 남성은 가볍게 고개를 끄덕이고는 책상 위에 놓인 서류 중 몇 개를 챙겨 사무실 가운데에 놓인 테이블에 가져다 놓았다.

동시에 문 밖에서 인기척이 들려왔다.

똑똑!

노크 소리가 들린 뒤, 곧 열린 문으로 비서로 보이는 여성이 들어섰고, 뒤이어 퍼거슨이 들어서는 모습이 보였다.

퍼거슨은 금발 머리를 단정하게 말아 올리고, 세련된 블랙 재킷에 몸에 착 달라붙는 블랙 톤의 펜슬 스커트를 걸쳐 깔끔하면서도 세련된 인상을 주고 있었다.

퍼거슨이 사무실로 들어서자 남자의 표정엔 자연스럽게 접대로 단련된 환한 미소가 피어올랐다.

"미스 퍼거슨! 어서 오세요. 기다리고 있었습니다. 니케의 서부 지역 홍보 담당자, 빌리입니다."

빌리는 간략한 소개와 함께 손을 내밀어 악수를 청했다.

그 모습에 퍼거슨 역시 가볍게 미소를 지어 보이며 남성을 향해 인사를 건넸다.

"반갑습니다. 강민우 선수의 에이전트, 퍼거슨입니다."

퍼거슨이 빌리의 손을 잡아 가볍게 흔들었다.

빌리는 곧 퍼거슨을 테이블 옆에 놓인 소파로 안내했다.

"이쪽으로 앉으시죠."

그 모습에 고개를 가볍게 숙인 퍼거슨이 소파에 앉자, 빌리도 빠르게 소파에 자리를 잡았다.

"일주일이 넘도록 연락이 없으셔서 저희와 계약 의사가 없으신 줄 알고 아쉬울 뻔했습니다."

과장되게 안타깝다는 듯한 표정을 지으며 말을 꺼내는 빌리의 모습에 퍼거슨이 가볍게 미소를 지어 보였다.

'새로운 연속 경기 홈런 기록이 세워지지만 않았다면, 아마 만나는 것이 더 늦어졌을지도 몰랐을 겁니다.'

이런 퍼거슨의 속마음과는 달리 겉으로는 형식적인 말이 흘러나왔다.

"처리해야 할 일이 많다 보니, 시간이 조금 걸렸습니다. 늦게 연락드린 점은 송구스럽게 생각합니다."

퍼거슨의 사과에 빌리가 급히 손사래를 쳤다.

"아닙니다. 이렇게 연락을 주셨으니 아무려면 어떻겠습니까. 하하하!"

밝은 웃음을 보이던 빌리는 곧 자연스럽게 오늘 만남의 이유인 민우에 대한 이야기를 꺼내기 시작했다.

"그나저나 강민우 선수의 연속 홈런 기록이 8경기에서 끝이 난 것은 정말 아쉽게 되었습니다. 사실 전 그날 정말 새로운 기록이 세워지는 줄 알고 경기가 끝날 때까지 조마조마했습니다."

마치 그때의 일이 아직도 생생하다는 듯, 웃음을 짓던 빌리의 얼굴은 곧 불만으로 조금씩 찡그려졌다.

"하지만 상대 팀인 머드캣츠의 행태는 너무나도 비겁했습니다. 이미 일주일이나 지났는데도 그 경기를 생각하면 지금도 화가 날 정도입니다. 4번의 타석에서 3번이나 볼넷을 주다니요! 그것도 고의로 말입니다! 어휴! 대기록을 대하는 자세가 그런 식이라니, 도무지 이해가 되질 않습니다. 만약 정정당당하게 승부를 했다면 강민우 선수는 지금도 기록을 계속 이어가고 있을 텐데 말입니다."

빌리는 이야기를 하면 할수록 화가 난다는 듯, 말을 속사포처럼 쏟아내며 대놓고 머드캣츠의 작전에 대한 불편한 속마음을 드러내고 있었다.

빌리의 이런 모습은 중요한 협상을 준비하는 이의 태도라기보단, 순수하게 민우를 응원하는 한 팬의 모습처럼 보였다.

예상치 못한 빌리의 모습에 퍼거슨이 속으로 조용히 웃음을 지어 보였다.

'이 반응은 진심인데? 의외네. 정말 강민우 선수의 팬인 건가? 후훗. 뭐, 그럼 오히려 더 좋지. 나쁘지 않아.'

보통의 경우 모델 계약을 맺을 때 사측에서는 최대한 적은 금액으로 유명 선수를 붙잡아 최소 손실로 최대의 이득을 보고 싶어 하는 것이 정석이었다.

그렇기 때문에 양측이 협상에 돌입하게 되면, 양측 모두 상대의 장점에 대한 언급을 피하거나 최대한 그 가치를 낮추면서 자신들이 제안하는 계약 조건이 아주 합리적이고 높은 대우라는 것을 관철시키려 하는 것이 보통이었다.

이는 퍼거슨이 수많은 계약 협상을 경험하면서 상대방이 일관되게 보였던 모습에서 형성된 지식이자 상식이었다.

하지만 퍼거슨의 눈앞에 있는 빌리는 퍼거슨이 알고 있는 그런 상식과는 반대로 손수 민우의 가치를 인정하고 있는 모습을 보이고 있었다.

퍼거슨은 빌리의 흥분 섞인 표정을 바라보며 어쩌면 오늘 계약을 순조롭게 이끌어갈 수 있을지도 모른다는 생각을 하다가 이내 속으로 고개를 저었다.

'하지만 이런 모습을 마냥 믿어서는 안 되기도 하지.'

한편으론 그런 모습이 빌리의 전략으로, 퍼거슨에게 방심을 이끌어내기 위한 것일지도 모르는 일이었다.

그리고 만약 개인의 호불호에 따라 계약을 일관되게 임하지 못했다면, 빌리가 지금 이 자리에서 니케의 서부 지역 담당자가 될 수 없었을 것은 분명했다.

곧, 생각을 정리한 퍼거슨이 빌리의 반응에 공감한다는 듯, 옅게 미소를 지으며 고개를 끄덕여 보였다.

"그렇게 안타까워하시니 강민우 선수를 대신해 감사의 말씀을 드려야겠습니다. 말씀하신 대로, 그 점은 저도 참 아쉽게 생각합니다."

퍼거슨이 자신의 의견에 동조하는 모습을 보이자 빌리는 그제야 흥분이 가라앉는다는 듯 조금은 진정된 목소리로 말을 이어가기 시작했다.

"차라리 마지막 타석에서 교체로 빠졌다면 상대의 교묘한 수에 휘둘리지 않고 기록을 이어갈 수 있었을지도 모를 텐데 말입니다. 정말 아쉽습니다."

빌리의 이야기에 퍼거슨도 만약 자신이 민우와 같은 상황에 처했다면 빌리의 말대로 했으리라고 생각했다.

'하지만 난 강민우 선수가 아니니까. 그리고… 결국 새로운 기록을 세우지는 못했지만 나쁘지만은 않았어. 오히려 색다른 느낌이었지.'

퍼거슨의 뇌리에 민우를 처음 만났을 때가 떠올랐다.

에이전트 계약을 맺었으면 더 좋은 조건으로 계약을 맺을 수 있었으리라는 말에도 자신의 결정을 후회하지 않는 모습에 꽤나 올곧다는 느낌을 받았었다.

후에 재계약 건에 대해 이야기할 때에도 다저스와의 의리를 지키려는 민우의 모습은 퍼거슨이 여태껏 상대해 왔던, 프랜차이즈 스타가 되려고 하기보다는 큰 금액만을 원하는 선수들과는 전혀 동떨어진 모습이었다.

여기에 지난 경기에서 대기록에 임하는 민우의 자세는 퍼거슨에게 꽤나 인상적으로 다가왔다.

기록 달성 실패 이후 진행된 인터뷰에서 누굴 탓하기보다는 최선을 다했기에 후회는 없다고 하는 모습에 더해, 자신보다는 경기를 찾아온 팬들을 생각하는 모습은 그 올곧은 심성을 다시 한 번 느끼게 해줬다.

'실력에 인성을 겸비한 이런 모습들이 곧 강민우 선수의 자산이 될 거야.'

퍼거슨은 그런 생각과 함께 이런 민우의 장점을 니케에 어필하면 조금 더 좋은 결과를 얻을 수 있으리라 생각했다.

퍼거슨은 그런 생각을 하며 천천히 입을 열었다.

"비록 기록 갱신에는 실패했지만 결국 그게 바로 강민우 선수와 다른 선수들의 차이가 아닐까 생각합니다."

"차이라 함은 구체적으로 어떤 것입니까?"

빌리가 아리송하다는 듯한 표정을 지으며 건네는 물음에 퍼거슨은 옅게 미소를 지어 보였다.

그러고는 자신이 알고 있는 사실에 약간의 양념을 더한 뒤 천천히 입 밖으로 내보냈다.

"바로 도전 정신입니다. 빌리가 말한 것처럼 대기록을 방해하기 위한 것처럼 보이는 상대의 농간에 놀아나지 않고 충분히 피할 수 있었습니다만, 강민우 선수는 그렇게 하지 않았습니다. 대기록이라는 명예를 거저 얻지 않겠다. 정당히 맞서서 자신의 힘으로 얻고 싶다고 생각했던 겁니다."

"도전 정신이라……."

"스스로에게 닥친 위기에 피하지 않고 맞서는 모습, 투혼을 소유한 선수가 바로 강민우 선수입니다. 결과가 어찌 되었든 저는 강민우 선수의 이런 도전 정신을 존중합니다. 그리고 이런 도전 정신이야말로 니케의 슬로건과 아주 잘 어울린다고 할 수 있지 않겠습니까?"

퍼거슨은 빌리가 꺼낸 주제에 응하면서 자연스럽게 민우와 니케의 시너지 효과에 대한 이야기를 덧붙이고 있었다.

니케의 슬로건인 'JUST DO IT'은 열정과 투지, 도전 정신을 상징하는 말로 통용되며 니케를 전 세계적으로 유명한 스포츠 브랜드로 만드는 데 기여한 문구였다.

그 공로에 수십 년이 지난 지금까지 변함없이 니케의 슬로건으로 사용될 정도로 유명한 문구이기도 했다.

이런 니케의 광고 전략 중의 하나는 바로 이런 슬로건의 의미처럼 도전 정신을 가진 유명 선수들과 계약을 맺어 그 효과를 배가시키는 것이었고, 퍼거슨은 그 점을 꿰뚫고 있는 것이었다.

마치 민우와 계약을 해서 니케에게 나쁠 것이 없다는 듯 밑밥을 까는 듯한 퍼거슨의 마지막 말에 빌리는 망치로 맞은 듯, 멍한 표정을 지어 보였다.

그리고 잠시 뒤, 빌리가 돌연 소리를 내어 웃었다.

"하하하. 저는 단순히 강민우 선수의 외형적인 활약에 관심을 가졌던 것인데, 미스 퍼거슨은 그런 내면의 세세한 부분까지 생각하고 있었군요. 이거 참, 이 자리엔 제가 아니라 미스 퍼거슨이 앉아 있어야 하는 것 아닌가 모르겠습니다."

빌리의 놀랍다는 듯한 반응에 퍼거슨이 옅게 웃어 보였다.

"빌리, 니케의 홍보 담당자가 이런 생각을 하지 못했다고는 상상하기가 힘들군요."

퍼거슨의 반응에 빌리가 입꼬리를 씨익 말아 올렸다.

"아, 티가 났습니까? 하하. 이거, 미스 퍼거슨은 상당히 예리한 분이셨군요."

빌리의 반응에 퍼거슨이 고개를 가볍게 저어 보였다.

"그 자리에 아무나 앉을 수 없다는 것 정도는 누구나 알고 있을 겁니다."

그 말에 빌리가 입가에 웃음을 머금은 채, 가볍게 고개를 끄덕였다.

"이거 참. 한 방 먹었습니다. 그럼 사설은 이정도로 하고, 슬슬 계약 조건에 대해 이야기를 해볼까요?"

"좋습니다."

빌리의 제안에 퍼거슨이 긍정을 표하자, 곧 빌리가 테이블에 올려두었던 서류 뭉치로 시선을 옮겨갔다.

"강민우 선수는 확실히 대단한 선수입니다. 아직은 마이너리거이지만 그 성장 가능성도 꽤나 높고 말입니다. 저희는 그런 강민우 선수의 성장하는 모습과 가능성이 저희 회사의 이미지와 매치가 된다고 생각했고, 강민우 선수와의 후원 계약을 맺는 것을 긍정적으로 생각했습니다. 그리고 저희는 고심 끝에 강민우 선수에게라면 이 정도의 투자를 할 수 있다는 결론을 내렸습니다."

빌리는 말을 끝내며 미리 작성해 두었던 계약서를 퍼거슨에게 내밀었다.

"한 번 확인해 보시죠."

계약서를 받은 퍼거슨은 천천히 계약 조건을 살펴보기 시작했다.

─니케 후원 계약.

─협찬 품목: 스파이크, 야구장갑, 글러브, 야구배트, 보호대…(중략)…총 5천 달러(한화 약 575만 원).

─협찬 품목 외 연간 계약금 1만 달러(한화 약 1,150만 원).

─협찬 기간: 2010년 8월~2015년 7월, 총 5년.

─합의 사항

1. '강민우'는 경기 출전 시 '니케'에서 지원하는 품목을 사용하고 회사 로고를 표기한다.

2. 계약 기간 동안 '강민우'의 타사 제품 사용을 금지한다(추후 협의 가능).

3. 협찬 품목에 대해 다양한 경로의 광고에서 '강민우'를 모델로 이용하는 것에 동의한다.

—옵션 사항: 없음.

—해제

1. '니케'의 부득이한 사정으로 지원을 할 수 없는 경우 계약을 해제할 수 있다.

2. '강민우'의 모델 가치가 계약 당시보다 현저하게 떨어질 경우 '니케'는 계약을 해지할 수 있다.

약간의 시간이 흐른 뒤, 계약서의 내용을 확인한 퍼거슨이 천천히 고개를 들어 빌리를 바라봤다.

그러자 빌리가 기대에 찬 눈빛으로 퍼거슨을 마주보며 입을 열었다.

"어떻습니까? 마이너리그 선수치고는 파격적인 계약 조건이 아닙니까?"

빌리의 이야기에 퍼거슨이 가볍게 고개를 끄덕였다.

보통 마이너리그 선수들의 경우, 후원 계약을 맺더라도 계약금 없이 물품을 지원받는 정도가 보통이었고, 마이너리그에서도 아무리 유명한 선수라도 계약금은 5천 달러를 넘지 않는 경우가 대부분이었다.

하지만 빌리가 퍼거슨에게 내민 계약서에는 그보다 두 배 이상의 조건이 적혀 있었다.

말 그대로 마이너리그에 한정 짓는다면 파격적인 계약이었다.

만약 민우가 일반적인 마이너리그 선수였다면 퍼거슨은 고민할 것도 없이 흔쾌히 그 제안을 받아들였을 것이다.

"확실히 마이너리그 선수치고는 좋은 계약이라고 생각합니다만……."

퍼거슨이 말끝을 흐리는 모습을 보이자 빌리는 무슨 문제가 있냐는 듯한 표정을 지어 보였다.

"다만? 마음에 들지 않는 부분이라도 있으신 겁니까?"

그 물음에 퍼거슨이 잠시 눈을 감았다 뜨더니, 계약서를 테이블 위에 내려놓았다.

그 모습이 빌리의 눈에는 마치 계약 조건이 마음에 들지 않는다는 듯, 손을 놓아버리는 듯한 모습처럼 보였다.

자신의 행동을 하나하나 바라보고 있던 빌리를 향해 퍼거슨이 천천히 입을 열었다.

"빌리. 조금 전 저와의 대화에서 빌리가 직접 말하지 않았습니까? 강민우 선수였다면 대기록을 깰 수 있었을 것이라고 말입니다. 그 말이 정답입니다. 강민우 선수는 평범한 마이너리그 선수와는 거리가 있다는 건 빌리가 가장 잘 알고 있는 것 같습니다만. 아니었습니까?"

퍼거슨의 물음에 빌리가 능청스럽게 웃어 보였다.

"허허허. 예, 맞습니다. 미스 퍼거슨의 말씀대로 강민우 선수는 저희 니케가 먼저 관심을 보일 정도로 뛰어난 선수입니다. 강민우 선수에게 관심을 가지고 지켜본 제가 가장 잘 알고 말입니다. 미스 퍼거슨, 생각해 보십시오. 그러니 저희도 일반적인 마이너리그 선수와는 비교할 수 없는 이런 파격적인 제안을 드린 것이 아니겠습니까?"

빌리는 마치 니케가 다른 선수들과는 달리 민우에게 특별 대우를 해주고 있다는 듯한 말투를 보이고 있었다.

하지만 그런 과장된 빌리의 표정을 바라보는 퍼거슨의 얼굴 엔 흔들림이 없었다.

퍼거슨의 무표정한 얼굴은 빌리의 말에 전혀 동의하지 않는 다는 것을 드러내고 있었다.

'역시, 개인적인 감정과 비즈니스는 확실히 구분한다 이거 군. 한편으론 민우를 칭찬한 건 이런 패를 던지기 위한 밑밥 의 역할도 있다 이거네. 후우. 그럼 이쪽도 슬슬 패를 던져볼 까.'

생각을 마친 퍼거슨이 천천히 고개를 끄덕였다.

"알겠습니다. 니케의 제안을 들었으니, 이제 이쪽에서도 원 하는 조건을 밝힐 차례인 것 같군요."

"허허. 이보다 더 좋은 조건을 원한다는 말입니까? 좋습니 다. 저희도 한번 들어보죠."

단호한 퍼거슨의 모습에 빌리가 미소를 보였다.

'한 번에 받아들일 거라고는 생각하지 않았지. 그럴 거면 애 초에 협상의 자리를 만들 필요도 없었을 테니까. 뭐, 아무리 높게 불러도 기껏해야 5만 달러 정도가 아니겠어?'

빌리는 계약서에 적힌 조건과는 달리 강민우 정도의 선수라면 연간 5만 달러 정도는 아깝지 않다고 생각하고 있었다.

1만 5천 달러를 제시한 것도 결국엔 협상을 조금 더 유리하게 가져가기 위한 장치일 뿐이었다.

퍼거슨을 바라보는 빌리의 얼굴엔 어떤 조건이 나올지 기대가 된다는 듯한 표정이 떠올라 있었다.

곧 빌리가 퍼거슨에게 말해보라는 듯 한 손을 들어 보였다.

그러자 퍼거슨은 한 치의 뜸들임 없이 자신이 생각했던 금액을 입 밖으로 꺼냈다.

"연간 50만 달러를 생각하고 있습니다."

퍼거슨의 입에서 나온 금액에 순간 빌리의 입이 쩍 하고 벌어졌다.

"50만 달러? 지금 50만 달러라고 하셨습니까?"

빌리는 전혀 예상하지 못했다는 듯, 황당한 표정으로 퍼거슨을 바라보며 물음을 던졌다.

퍼거슨은 그 물음에 가볍게 고개를 끄덕여 보이며 빌리가 잘못 들은 것이 아님을 확인시켜 주었다.

"옵션을 제외하고 순수하게 계약금만을 말씀드린 겁니다."

뒤이어 이어진 말에 빌리가 돌연 헛웃음을 터뜨렸다.

"어허허! 미스 퍼거슨. 당신이 생각하기엔 그게 말이 되는 금액이라고 생각합니까?"

"물론입니다, 빌리. 타율 5할, 출루율 6할, 8경기 연속 홈런 기록. 이런 기록을 아무나 세울 수 있다고 생각하신다는 말씀이시군요."

"그럴 리가 있겠습니까? 절대로 그 기록을 폄하하는 것은 아닙니다. 확실히 대단한 기록이긴 하지만 모두 마이너리그, 그것도 더블A에서 달성한 기록이지 않습니까?"

"예. 더블A에서 세워진 기록이 맞습니다. 그럼 하나 묻겠습니다. 마이너리그의 역사를 통틀어서 강민우 선수를 제외하고 5할을 넘은 선수가 있었습니까? 8경기 연속 홈런 기록을 달성했던 선수가 있었습니까?"

퍼거슨의 당당한 물음에 빌리는 순간 자연스럽게 정답을 말할 뻔했다.

'당연히 없지.'

하지만 그런 질문에 순순히 동의해 주는 순간 분위기가 넘어가는 것이라는 것을 알기에 곧 정신을 차리고는 퍼거슨의 주장에 조목조목 반박하기 시작했다.

"미스 퍼거슨. 지금 강민우 선수의 기록이 마이너리그에서도 유일무이하다는 것은 인정합니다. 충분히 대단한 기록이지요. 하지만 아직 메이저리그 경험조차 전무한 마이너리그 선수라는 것을 생각해 보십시오. 메이저리그라면 모를까 마이너리그 선수는 광고 효과가 극히 미미합니다. 강민우 선수에 대한 관심도 이번 기록 갱신에 대한 이슈 때문에 급격히 쏠렸을 뿐이지, 기록이 끊겼기 때문에 금방 사그라질 겁니다."

잠시 숨을 고르던 빌리는 입가에 미소를 지은 채 여유 있는 표정으로 자신을 바라보고만 있는 퍼거슨의 모습에 자신의 생각이 잘못된 것인가 하는 착각을 할 뻔했다.

'그럴 리가 없잖아.'

하지만 곧 확신을 가진 목소리로 못다 한 말을 이어갔다.

"미국뿐 아니라 강민우 선수의 고국인 한국을 보아도 그렇습니다. 한국에서는 중계방송조차 쉽게 볼 수 없는, 마이너리그에서 뛰는 강민우 선수에게 저희 제품을 후원한다고 해서 그 광고 효과가 얼마나 있겠습니까? 아마 극히 미미할 겁니다. 그럼에도 저희는 강민우 선수의 장래성을 보고 그런 손해를 감수하고자 연간 1만 5천 달러라는 파격적인 제안을 드린 것입니다. 이런데도 저희가 1만 5천 달러 이상을 투자해야 한다고 생각하십니까?"

말을 끝낸 빌리는 어디 한 번 반박해 보라는 듯한 표정으로 퍼거슨을 지그시 바라봤다.

그러자 퍼거슨은 돌연 다른 이야기를 하기 시작했다.

"한국 프로야구에서 새로운 연속 경기 홈런 기록이 나왔다는 뉴스를 보셨습니까?"

"예. 당연히 봤습니다. 놀랍더군요. 2명이 동시에 그런 기록을 달성했다니 말입니다."

"그럼 그 당사자인 강태성 선수는 일본 브랜드인 미노즈와 후원 계약을 맺었고, 이호대 선수는 자국 브랜드와 후원 계약을 맺었다는 것도 아시겠군요."

퍼거슨의 물음에 빌리는 이해할 수 없다는 듯한 표정을 지었다.

'갑자기 그 이야기를 꺼내는 이유가 뭐지?'

"물론 알고 있습니다."

빌리의 표정 변화를 본 퍼거슨이 옅은 미소를 지어 보였다.

"한국의 스포츠 용품 시장은 그리 작지 않습니다. 야구만 보아도 한국에서 가장 인기 있는 스포츠라고 할 수 있고, 사회인 야구 인구만 해도 50만 명을 훌쩍 넘어간다는 자료가 있습니다. 그 인기에 편승해 야구 용품 시장도 덩달아 빠른 속도로 성장하고 있습니다."

퍼거슨은 그 말과 함께 미리 준비해 온 관련 자료들을 빌리의 앞에 늘어놓았다.

빌리는 퍼거슨이 내민 자료를 주워 들고는 한 장, 한 장 넘기며 천천히 살펴보기 시작했다.

그 모습에 퍼거슨이 곧 설명을 이어갔다.

"그리고 그 시장을 차지하기 위해 수많은 브랜드가 경쟁을 계속하고 있죠. 그리고 강태성 선수와 이호대 선수와 계약을 맺은 브랜드들은 그들 사이에서 점유율을 높여가고 있습니다. 야구 용품 시장으로만 국한해도 이렇습니다. 이런 상황에서 니케가 어떤 모델과 계약해야 한국 시장에서 우위를 차지할 수 있겠습니까?"

자료를 살피던 빌리는 퍼거슨의 이야기를 끝까지 듣고 나서야 질문의 의도를 파악했다.

'이건 그냥 무조건 강민우와 계약해야 된다는 소리가 아닌가. 허, 참. 이런 당찬 사람을 봤나.'

"다 옳은 말씀입니다. 하지만 50만 달러는 그리 적은 돈이 아닙니다. 메이저리그의 웬만한 선수들도 계약금이 50만 달러를 넘는 이들은 그리 많지 않다는 걸 아시지 않습니까? 5만 달러라고 해도 저희는 계약에 대해 심각하게 재고해 봤을 겁니다. 한 마디로 50만 달러는 무리한 요구이며, 절대로 받아들일 수 없다는 뜻입니다."

빌리의 표정에는 절대로 퍼거슨의 제안을 들어줄 용의가 없다는 강한 의지가 담겨 있었다.

그럼에도 퍼거슨의 얼굴에는 여유가 넘치고 있었다.

"반대로도 생각해 보십시오. 미국에 있는 한인만 200만 명이 넘습니다. 이들이 과연 누구에게 관심을 보일 것 같습니까? 이치로? 지터? 당연히 아닙니다. 이들은 바로 같은 한국인인 선수에게 관심을 가질 겁니다. 한국인들은 빅 리그로 진출한 자국 선수에 대한 관심이 굉장히 큰 편입니다. 과거 박찬오 선수가 메이저리그에 진출했을 때도, 추진수 선수가 메이저리거가 됐을 때도 국민의 관심은 엄청났습니다. 하지만 그 이후로는 마땅히 메이저리그에서 활약하는 선수가 없었습니다. 혹시 과거 박찬오 선수와 니케가 맺었던 계약 내용을 아십니까?"

퍼거슨의 이야기에 얼굴이 굳어져 가던 빌리는 이야기 말미의 질문에 무겁게 고개를 끄덕여 보였다.

'후. 박찬오 선수에 대한 이야기가 나올 것 같더라니. 미리 확인해 두길 잘했군.'

"모를 리가 있겠습니까. 신인 때엔 연간 계약금 25만 달러에 옵션으로 25만 달러, 총 50만 달러의 계약을 맺었고, 메이저리그에서 전성기를 누릴 땐, 4년 총액 400만 달러라는 거액의 계약을 맺었었죠. 설마, 그 둘을 비교하겠다는 말입니까?"

질문을 던진 빌리는 퍼거슨의 입가에 미소가 피어오르는 것을 보고는 헛웃음을 터뜨렸다.

"허허. 미스 퍼거슨. 강민우 선수와 박찬오 선수를 비교하겠다는 것은 어불성설입니다. 박찬오 선수는 한국에서 그 존재 의미 자체가 다릅니다. 최초라는 수식어가 붙었고, 한국의 국민 영웅이라는 수식어가 붙은 이가 바로 박찬오 선수입니다."

황당한 표정으로 자신을 바라보는 빌리의 모습에 퍼거슨이 입꼬리를 가볍게 말아 올렸다.

"무언가 오해를 하고 계신 듯한데, 저는 박찬오 선수의 계약 내용과 비교를 하겠다는 것이 아닙니다. 박찬오 선수 이후 추진수 선수까지, 한국에서의 관심과 인지도를 생각해 보시라는 의미로 말씀을 드린 것이었습니다."

퍼거슨의 이야기에 빌리가 벙찐 표정을 지어 보였다.

그 모습에 퍼거슨은 서류 가방 속에서 또 다른 자료들을 꺼내놓기 시작했다.

"박찬오 선수는 이제 전성기를 지나 황혼기를 보내고 있습니다. 은퇴하기 전에 한국으로 돌아간다고 공언했으니 아마 올해 이후로 미국에서의 영향력이 많이 약해질 겁니다. 그리고 추진수 선수는 긴 마이너리그 생활을 끝내고 전성기를 맞이했지만 이미 일찍이 미노즈와 장기 계약을 맺고 후원을 받고 있습니다. 그 외에, 다른 마이너리거들은 아직까지 메이저리그의 문턱 근처에도 가지 못하고 있는 모습입니다. 인지도 자체가 극히 미미하죠."

퍼거슨이 꺼내놓은 자료에는 퍼거슨의 입에서 나온 말들이 거짓이 아니라는 듯 각 선수의 후원 계약 자료, 인지도 조사, 그리고 한국에서의 검색어 순위와 뉴스 기사와 댓글 반응까지 담겨 있었다.

자료를 살피던 빌리는 그 속에서 보이는 한국인들의 반응에 의외라는 표정을 짓고 있었다.

'야구 선수 검색 순위? 박찬오와 추진수, 강태성에 이어서 4위?'

민우는 메이저리거가 아님에도 검색어 순위에서 유명 선수들의 바로 아래에 자리 잡고 있는 모습이었다.

거기에 9경기 연속 홈런 기록 달성 기사의 리플에도 민우의 이름이 오르내리고 있는 것을 쉽게 발견할 수 있었다.

그런 빌리의 눈에 하나의 기사 들어왔다.

'한국 프로야구 2군에서 방출된 뒤에, 미국에서 이런 활약을 했다고?'

시시각각 변하는 빌리의 얼굴을 본 퍼거슨이 속으로 미소를 지어 보였다.

'여기서 결정타를 날려야겠지.'

"빌리. 박찬오 선수가 과거를 지배했다면, 강민우 선수는 미래를 지배하게 될 겁니다. 강민우 선수가 지금은 비록 마이너리그에 있지만, 이미 그 인지도는 한국의 그 어떤 선수에게도 밀리지 않습니다. 그리고… 곧 깜짝 놀랄 소식이 있을 겁니다."

"그게 무슨……?"

"9월이 되면 메이저리그 로스터가 40인으로 확장이 되죠?"

퍼거슨의 마지막 말에 빌리의 두 눈이 크게 떠졌다.

'40인 로스터 확장? 설마, 9월이 되면 메이저리그로 올라간다는 이야기인가?'

"그게 무슨 의미입니까?"

빌리의 떨리는 물음에 퍼거슨이 방긋 미소를 지어 보였다.

"그냥 그렇다는 말입니다."

빌리는 과거 민우의 스플릿 계약 뉴스를 떠올렸다.

뉴스에 공개된 민우의 계약서에는 계약금 100만 달러가 적혀 있었다.

그리고 옵션 금액이 꽤 크다는 것이 뒤늦게 알려졌지만 어떤 내용의 옵션인지는 공개된 것은 없었다.

그런데 퍼거슨의 입에서 의미심장한 이야기가 나왔다.

9월 로스터 확장.

'이 상황에서 그 이야기를 할 이유가 없잖아. 분명 무언가 있다는 소리지. 그리고 그건… 강민우가 메이저리그로 승격한다는 소리가 분명하다.'

미국에 온 지 1년도 되지 않아 메이저리그로 직행한다는 것은 최초의 한국인 메이저리그 직행과는 또 다른 의미의 가치가 있었다.

데뷔한 해에 메이저리그로 승격하는 것은 단순히 한국인 메이저리거를 떠나서, 같은 한인들에게 영향을 미치는 수준을 뛰어넘는 것이었다.

그뿐만이 아니었다.

한국에서의 실패 이후, 포기하지 않고 역경을 뛰어넘어 미국에서 성공했다는 신데렐라 스토리가 있었다.

이는 잘만 이용하면 다른 메이저리그 선수들과는 차별화된 소재가 될 수 있었다.

메이저리그를 보는 거의 모든 팬에게 단숨에 그 존재감을 알릴 수 있는 것이었다.

그 뒤로는 자연스럽게 유명세가 따라붙을 것이다.

메이저리그의 아이콘이 될 가능성도 높았다.

9월 로스터 확장이라는 말 한마디로 협상의 전세가 순식간에 역전되었다.

　'이건 잡아야 해.'

　빌리의 얼굴에 순간 흥분이 드러났다 가라앉았다.

　하지만 퍼거슨은 그 잠깐의 변화를 놓치지 않았다.

　'거의 넘어왔네. 싼 값에 장기 계약으로 묶어둘 생각이었겠지만, 이젠 글렀다는 걸 알겠지. 문제는 계약금을 어디까지 올릴 수 있느냐인데. 아마 50만 달러를 순순히 주려고 하진 않을 거야. 빌리를 조금 더 조급하게 만들 필요가 있어.'

　퍼거슨은 일부러 처음부터 메이저리그 승격 여부를 이야기하지 않고 천천히 민우의 가치를 조금씩 어필했다.

　그리고 모든 것을 쏟아 붓고 나서야 메이저리그 승격에 대한 뉘앙스를 풍기며 결정타를 날린 것이었다.

　이젠 잠시 기다림이 필요할 때였다.

　퍼거슨은 평소보다 큰 동작으로 왼팔에 달린 시계를 확인했다.

　그러자 서류를 보고 있던 빌리의 시선이 자연스럽게 퍼거슨에게로 향했다.

　그 모습에 퍼거슨이 가볍게 웃어 보이며 입을 열었다.

　"빌리. 죄송하지만 급한 일정이 있어서 이만 자리에서 일어나 봐야겠습니다. 아무래도 계약 조율에 대해서는 다음에 이어서 이야기를 해야 할 것 같습니다."

퍼거슨의 행동은 마치 승기를 잡은 자의 여유 있는 모습처럼 느껴졌다.

그 모습에 빌리가 애써 태연한 표정으로 질문을 던졌다.

"그럼. 저희의 제안은 거절이라는 겁니까?"

"예. 저희는 니케의 그 제안을 받아들이지 않겠습니다. 저희의 요구 조건은 변함이 없습니다."

"50만 달러를 원한다, 이 말입니까?"

다시금 황당한 표정으로 변한 빌리의 물음에 퍼거슨이 가볍게 고개를 끄덕였다.

"예. 제가 드린 자료로도 부족하다면, 직접 강민우 선수의 가치를 확인해 보시는 것도 나쁘지 않으리라 생각됩니다. 그 뒤에 다시 연락을 주십시오."

"알겠습니다. 그럼 다시 연락을 드리도록 하겠습니다."

곧 자리에서 일어난 빌리가 손수 사무실의 문을 열어 퍼거슨을 배웅했다.

천천히 문을 나서던 퍼거슨은 문의 경계에서 잠시 멈춰 서더니 빌리를 바라봤다.

"그러고 보니, 아다디스의 슬로건과 강민우 선수의 이미지도 꽤나 어울린다는 생각이 드는군요."

그 말을 끝으로 퍼거슨이 가볍게 고개를 꾸벅이고는 사무실에서 점점 멀어져 갔다.

그 뒷모습을 바라보던 빌리의 표정은 조금 전보다 더욱 어듭게 느껴지고 있었다.

사무실을 빠져나온 퍼거슨은 곧장 손목시계를 확인했다.

'5시 10분……. 한창 경기 중이겠지?'

LA와 채터누가 사이에는 3시간의 시차가 있었다.

퍼거슨은 휴대폰을 꺼내 들어 인터넷으로 경기가 진행되고 있음을 확인했다.

이어 주소록에서 한 이름을 검색하고는 곧 원하는 이름을 찾은 듯 빠르게 메시지를 작성하기 시작했다.

*   *   *

퍼거슨이 LA에서 니케와의 계약을 조율하기 위해 만남을 가진 시각.

민우가 있는 채터누가에서는 테네시 스모키스와의 홈 5차 전이 진행되고 있었다.

채터누가는 어제 경기까지 쾌조의 10연승을 달리며 리그를 지배하는 모습을 보이고 있었다.

하지만 오늘 경기에서는 양 팀 선발투수의 호투 속에 투수 전의 양상을 보이고 있었다.

오늘 경기에서 양팀의 득점이라고는 경기 초반, 각각 2점씩 을 나눠가진 것이 유일했다,

민우는 4회 말 2아웃, 두 번째 타석에서 주자를 불러들이는 1타점 2루타를 치고 나갔다.

그리고 후속 타자인 페레즈의 적시타에 곧장 홈으로 여유 있게 들어오며 득점에 성공했고, 팀의 첫 타점과 함께 동점 득점을 만드는 활약을 보였다.

하지만 민우의 득점을 끝으로, 이후 8회 초까지 2 대 2의 스코어를 유지한 채, 어느 팀도 균형을 깨는 추가 득점을 뽑아내지 못하며 지지부진한 상황을 계속 이어가고 있었다.

그렇게 승부의 추가 아직까지 어느 쪽으로 기울지 알 수 없는 상황에서 다시 한 번 채터누가의 공격 기회가 돌아왔다.

8회 말, 선두 타자로는 1번 고든이 나서고 있었다.

만약 고든이 출루에 성공한다면 다시 한 번 중심 타순으로 이어지며 균형을 무너뜨릴 기회를 얻을 수 있는 상황이었다.

마운드 위에는 7회부터 등판한 우완 까리요가 여전히 마운드를 지키고 있었다.

까리요는 제구에 불안한 모습을 보이며 7회 1안타를 맞긴 했지만 빠른 구속으로 윽박지르는 투구를 통해 채터누가의 출루를 꾸역꾸역 막아내는 모습을 보이고 있었다.

슈우욱!

딱!

"아웃!"

슈욱!

팡!

"스트라이크 아웃!"

까리요는 1번 고든을 중견수 플라이로 잡아내더니, 2번 타자인 램보를 삼진으로 돌려세우며 순식간에 2아웃을 잡아내는 위력적인 투구를 보였다.

"하아."

너무나도 높은 공에 허무하게 배트를 내돌린 램보가 터덜터덜 걸어오는 모습에 대기 타석에서 준비하고 있던 샌즈가 천천히 타석으로 걸음을 옮기며 배트를 붕붕 휘두르는 모습이 보였다.

그 모습에 더그아웃 난간에 기대어 있던 고든이 투덜거렸다.

"흥. 저 녀석. 또 어깨에 힘이 잔뜩 들어갔네."

그러자 고든의 바로 옆에서 풍선껌을 불고 있던 마이어가 무심한 듯 입을 열었다.

"그녀를 향해 한 방 날려 보내고 싶다 이거겠지."

"사랑의 힘이라 이거야? 젠장. 누군 서러워서 야구 하겠어?"

고든은 불만이 가득 찬 목소리로 샌즈의 뒤를 노려보고 있었다.

그 모습에 몇몇 선수가 킥킥거리는 소리를 내며 질투하는 고든을 몰래 비웃는 모습이 보였다.

고든을 바라보던 민우는 잠시 며칠 전의 일을 떠올렸다.

언제부턴가 샌즈가 경기만 끝났다 하면 휴대폰을 붙잡고 메시지를 주고받는데 열중인 모습을 보이기 시작했는데, 그 모습을 목격한 선수들 사이에선 샌즈에게 여자 친구가 생긴 것이 아니냐는 소문이 돌기 시작했다.

하지만 샌즈는 상대방이 누구냐는 질문을 받을 때마다 그저 행복한 미소를 보이고는 자리를 피해 버렸고, 선수들의 의심은 더욱 깊어져만 갔다.

'그 이후로 무슨 일이 있었던 건가?'

민우는 자신의 타구에 맞아 혹이 난 채로 배시시 웃던 헬레나의 얼굴을 떠올리곤 피식 웃어 보였다.

'설마……'

"어이어이. 강민우 씨. 그 웃음은 마치 무언가를 알고 있다는 눈치인데 말입니다?"

갑작스레 들려오는 목소리에 고개를 돌려보니 어느새 민우의 옆으로 바싹 다가온 고든이 민우를 의심스러운 눈초리로 쳐다보고 있었다.

민우는 고든의 그런 모습이 우스운 듯, 입꼬리를 스윽 말아 올렸다.

"고든, 그렇게 질투한다고 없던 여자 친구가 생기겠어?"

민우의 놀림에 고든이 발끈하며 무어라고 반박하려는 찰나.

따아악!

경기장에 경쾌한 타격음이 울려 퍼졌다.

그 소리에 그라운드를 향해 고개를 돌리니, 배트를 끝까지 돌리고 있는 샌즈의 너머로 하늘 높이 솟아오르는 타구가 보이고 있었다.

누가 봐도 홈런인 타구에 더그아웃의 선수들이 하나같이 손을 번쩍 들어 올린 채 타구를 바라봤다.

그리고 곧 타구가 펜스 너머로 사라지자 기다렸다는 듯 환호성을 내지르기 시작했다.

"와아아!"

"좋아!"

"역전이다!"

"11연승까지 가자!"

"샌즈 녀석! 진짜 사랑의 힘이냐!"

선수들의 환호성 뒤로, 마지막에 외치는 고든의 하소연 섞인 외침이 들려왔다.

그러자 선수들이 피식거리며 그런 고든을 안쓰럽다는 듯이 바라봤다.

그 모습에 피식거리던 민우는 대기 타석으로 나가기 위해 배트를 뽑아 들었다.

그러고는 고든의 옆에 잠시 멈춰 서서 그 어깨를 가볍게 두드려 주었다.

"부러우면 너도 과감하게 들이대던가. 저번에 보니까 아만

다한테 관심이 많은 것 같던데. 후후후."

민우는 고든에게 조언 아닌 조언을 건네고는 천천히 더그 아웃을 빠져나갔다.

고든은 그런 민우의 뒷모습에 혈압이 오른다는 듯 뒷목을 부여잡더니 황당하다는 듯한 목소리로 중얼거렸다.

"저, 저, 저 뒤끝 쩌는 놈 보소. 아이고, 내가 전생에 뭔 죄를 지었다고."

그렇게 고든이 홀로 하소연을 내뱉는 모습을 바라본 선수들은 그 모습이 꽤 재미있다는 듯이 웃음을 짓고 있었다.

＊　　　＊　　　＊

슈우욱!

까리요의 손에서 뿌려진 공은 눈에 띄게 크게 떠오르더니 이내 다시 휘어져 내리며 스트라이크존의 한가운데로 향하고 있었다.

그 밋밋한 모습에 민우의 눈빛이 매섭게 빛났다.

'실투!'

민우는 그 궤적에 고민할 것도 없다는 듯, 스트라이드를 강하게 내디디며 근육을 강하게 조인 채로 곧장 벼락같이 배트를 내돌렸다.

따아악!

민우의 배트에서 생성된 정갈한 타격음이 순식간에 그라운드를 관통했다.

홈 플레이트 앞에서 민우의 배트와 강하게 맞부딪힌 공은 날아온 것보다 더욱 빠르게 하늘 위로 솟아올랐다.

—3구째! 쳤습니다! 우중간으로 향하는 타구! 강하게 퍼 올린 타구가 끝을 모르고 뻗어나갑니다! 펜스! 펜스! 넘어~ 갑니다! 강민우 선수의 시즌 22호 투런 홈런! 잠시 주춤했던 강민우 선수가 다시 홈런포를 가동합니다! 이 홈런으로 스코어는 순식간에 5 대 2로 벌어졌습니다!

—이건 치명적이네요. 샌즈 선수의 홈런 이후 흔들리던 까리요 선수가 스미스 선수에게 안타를 맞더니 결국 강민우 선수에게 결정타를 맞고 말았습니다. 믿음에 보답하지 못하는 까리요 선수의 모습에…….

더그아웃에서 민우의 타구가 펜스를 훌쩍 넘어가는 모습을 바라보던 고든은 망연자실한 표정을 지은 채, 시선을 다이아몬드를 돌고 있는 민우에게로 돌렸다.

"너는 누구랑 사랑에 빠진 거냐."

고든의 의문에 찬 물음에 대답해 주는 이는 아무도 없었다.

이날 경기는 민우의 홈런을 끝으로 더 이상의 득점 없이 5 대

2의 스코어, 채터누가의 승리로 마무리가 되었다. 채터누가는 이날 경기로 무려 11연승을 달성하며 각종 지역지와 스포츠 뉴스의 한 페이지를 장식하기 시작했다.

*   *   *

경기를 마치고 숙소로 돌아온 민우는 스마트폰에 찍힌 메시지를 확인하고는 두 눈을 크게 떴다.

"퍼거슨?"

메시지의 발신자는 퍼거슨이었다.

─한나 퍼거슨 : 강민우 선수, 경기가 진행 중이기에 메시지를 남깁니다. 강민우 선수와 니케의 계약 건으로 오늘 니케의 홍보 담당자와 만남을 가졌는데, 그와 관련해서 논의할 사항이 있습니다. 메시지를 확인하시면 연락주시기 바랍니다.

'무슨 일이지? 후원 계약에 무슨 문제라도 생긴 건가?'

퍼거슨은 민우와 관련된 웬만한 일은 대부분 알아서 처리하고 마지막에 확인을 받는 식의 깔끔한 일 처리를 보이고 있었다.

대표적으로 지난 부상 때, 곧장 재활 트레이너를 민우에게 붙여주며 몸 상태를 체계적으로 관리해 준 것도 퍼거슨이 뒤에서 모두 준비하고 마지막으로 민우에게 알려줬던 것이었다.

퍼거슨이 민우와 통화를 하며 의견을 나누었던 것은 하이 싱글A 시절, 계약 조정을 위해 다저스의 단장, 콜레티를 만나러 갈 때가 유일하다고 할 수 있었다.

그런데 연락을 달라고 하니 그때만큼 무언가 중요한 이야기를 하려는 것인지도 모른다는 생각이 들었다.

빠르게 생각을 정리한 민우가 곧장 퍼거슨의 번호로 전화를 걸었다.

잠시 신호가 간 뒤, 수화기 너머로 단아한 목소리가 들려왔다.

─예, 한나 퍼거슨입니다.

오랜만에 듣는 퍼거슨의 목소리에 민우는 귀가 정화되는 느낌이 들자 피식 웃음을 터뜨렸다.

'이렇게 부드러운 목소리에 안 넘어갈 사람이 있을까?'

─여보세요?

잠시 그런 생각을 하던 민우는 퍼거슨의 목소리가 재차 들려오자 퍼뜩 정신을 차리고는 빠르게 입을 열었다.

"아, 강민우입니다. 이제 막 메시지를 확인하고 연락을 드렸습니다. 무슨 일이 생긴 겁니까?"

민우의 약간은 우려가 담긴 목소리에 퍼거슨이 옅게 웃어 보였다.

─아뇨. 문제라기보다는 니케의 홍보 담당자와의 눈치 싸움

이 시작됐다고 해야 할까요?

"눈치 싸움이요?"

민우가 이해가 잘 되지 않는다는 목소리로 되묻자 퍼거슨이 천천히 설명을 시작했다.

─예. 오늘 니케가 강민우 선수에게 제안한 금액은 연간 계약금 1만 달러, 후원 물품 5천 달러. 총 1만 5천 달러였어요. 계약 기간은 5년이었고요.

퍼거슨의 이야기에 민우가 가볍게 고개를 끄덕였다.

'1만 5천 달러면, 한국 돈으로 1,700만 원쯤 되는 건데? 내 인지도에 비하면 이 정도면 꽤 괜찮은 거 아닌가?'

민우는 현재 자신의 월봉이 2,150달러인 점을 생각하고는 연봉보다도 큰 금액에 의외라는 생각을 하고 있었다.

사실, 채터누가 팀 내에서도 유명 브랜드에 후원을 받는 이들은 몇 되지 않을 정도였고, 그들도 1년에 배트 몇 자루와 스파이크 몇 켤레 정도를 받는 것이 전부였다.

몇몇 선수는 그 정도의 후원을 받는 동료들을 부러운 시선으로 바라볼 정도였으니 민우의 입장에서는 이 정도면 꽤나 괜찮은·제안이라는 생각이 드는 것이었다.

"그 정도면 그럭저럭 괜찮은 금액이 아닌가요?"

민우의 입에서 무슨 문제라도 있냐는 듯한 물음이 나오자 수화기 너머의 퍼거슨이 가볍게 헛웃음을 내뱉었다.

─맞아요. 마이너리그 선수를 기준으로 한다면 넘치고도

남을 금액이죠. 하지만 강민우 선수는 부상만 당하지 않는다면 지금 성적으로 9월에 메이저리그에 올라갈 수 있다는 사실을 잊은 건 아니죠?

퍼거슨의 말에 민우는 상대방에게 보이지 않음에도 무의식적으로 고개를 끄덕였다.

"당연히 기억하고 있죠. 벌써부터 두근거리는걸요."

─후후. 한번 생각해 보세요. 강민우 선수는 아직 마이너리거임에도 불구하고 선수로서 이룰 수 있는 수많은 기록을 벌써부터 하나씩 쌓아가고 있죠. 유일무이한 기록도 세웠고요. 그 덕에 그 인지도도 스트라스버그에 버금갈 정도로 급상승했고요. 모두가 강민우 선수의 메이저리그 데뷔를 기대하고 있어요. 이런 상황에서 니케의 1만 5천 달러라는 제안이 과연 적당한 걸까요?

퍼거슨의 설명에 민우가 천천히 고개를 끄덕거렸다.

하지만 모든 것을 다 이해한 것은 아니었다.

아무리 인터넷에서 무어라 떠든다 한들 그것이 모두의 의견이 되는 것은 아니었다.

민우가 실제로 느낀 것은 채터누가 시민들이 자신을 응원하는 것 정도뿐이었다.

이런저런 생각을 해봐야 답이 나오는 것은 아니었기에, 민우는 퍼거슨에게 질문을 건넸다.

"흠, 그럼 얼마를 받아야 적당한 거죠?"

민우의 질문에 퍼거슨이 곧 기다렸다는 듯이 자신의 생각을 이야기했다.

―저는 니케 측에 강민우 선수의 가치로 연간 계약금 50만 달러에 옵션을 별도로 달라고 요구했어요.

민우는 퍼거슨이 입에서 나온 금액에는 입을 쩍 하고 벌릴 수밖에 없었다.

"50만 달러요?"

이전 100만 달러라는 거액의 계약금을 따온 이후로 오랜만에 망치로 두들겨 맞은 듯한 충격이었다.

―예, 정확히 계약금만 50만 달러죠.

"후. 너무 큰 금액이라서 얼떨떨하네요. 니케가 저에게 정말 그런 큰 금액을 투자하려고 할까요?"

민우의 목소리에는 약간의 떨림마저 담겨 있었다.

그런 민우의 반응에 퍼거슨이 자신감 넘치는 목소리로 말을 이었다.

―강민우 선수, 스스로에게 자신감을 가져요. 강민우 선수가 지금껏 마이너리그에서 세운 기록들만 해도 남들이 쫓아오지 못할 기록이 수두룩해요. 거기다가 9월에는 메이저리그를 정복하러 갈 거잖아요? 저는 승산 없는 싸움이라고 생각하면 도박을 걸지 않아요. 그리고 중요한 건, 지난 번 다저스와의 계약과는 달리 이번에는 제약이 없어요. 니케와 꼭 계약할 필요가 없다는 말이죠.

퍼거슨의 이야기에 민우의 뇌리에 니케의 경쟁 브랜드인 아디다스, 그리고 아직은 생소한 브랜드인 언더 아머가 떠올랐다.

그 외에도 추진수 선수가 계약한 미노즈 등 경쟁에서 우위를 차지하기 위한 스포츠 브랜드들이 호시탐탐 자신들의 브랜드 가치를 상승시켜 줄 선수들을 찾고 있었다.

퍼거슨의 말대로 민우는 대기록으로 인한 유명세에 더해 곧 메이저리그로 올라갈 테니, 그 인지도는 더욱 올라갈 것이 분명했다.

그렇게 생각이 정리되자 민우도 퍼거슨의 이야기에서 가능성을 보기 시작했다.

그리고 한편으론 미안한 마음이 들었다.

항상 자신의 생각보다 더 멀리 내다보는 에이전트의 능력을 믿지 못하고 혹시나 하는 마음을 가졌던 것이 생각이 났기 때문이었다.

'퍼거슨은 항상 고생하는데 지난번에도 그렇고, 내가 너무 내 에이전트를 믿지 못하고 있는 것 같네.'

민우는 퍼거슨에게는 나중에 제대로 한 번 보답을 해야겠다는 생각을 가지고는 다시금 물음을 건넸다.

"그럼 니케와는 계약을 하지 않아도 상관없다는 말인가요?"

─아뇨. 그런 건 아니에요. 누가 뭐래도 니케는 세계 스포츠 브랜드 1위의 자리를 굳건히 지키고 있으니까요. 이런 니케

와 후원 계약을 맺으면 강민우 선수의 인지도도 크게 상승할 거예요. 그렇게 된다면 니케뿐 아니라 모델이 필요한 다른 회사들도 속속 강민우 선수와의 후원 계약을 맺으려고 할 거예요.

퍼거슨은 니케와의 계약만을 생각하고 있는 것이 아니었다.

니케를 시작으로 민우의 메이저리그 승격 이후 민우의 이미지와 어울리는 후속 계약에 대한 청사진을 그리고 있었다.

"니케와 계약하는 것이 가장 좋은 거라면, 너무 세게 나가는 건 안 좋지 않을까요?"

—아뇨. 다른 선수라면 모를까 강민우 선수에게는 잠재된 스타성이 있으니까 괜찮아요. 오히려 전 니케를 조금 더 조급하게 만들 생각이거든요. 그래서 강민우 선수가 하나만 도와주셨으면 해요.

민우는 퍼거슨의 도움 요청에 의외라는 듯, 눈을 동그랗게 떴다.

처음 에이전트 계약을 할 때부터, 자신에게 운동에만 전념하라고 이야기하며 한 번도 무언가 부탁을 하거나 도움을 요청한 적이 없었던 퍼거슨이었다.

"제가 뭘 하면 되는 거죠?"

—다음 경기부터 니케 브랜드 제품 대신 다른 제품을 착용하고 경기에 출전했으면 하는데, 가능할까요?

퍼거슨의 물음엔 약간의 조심스러움이 담겨 있었다.

보통 선수들은 자신이 계속 사용해왔던 브랜드의 제품에 익숙해져 있기 때문에, 타사의 제품을 사용하면 불편함을 느끼는 경우가 많았다.

특히 선수들은 자신만의 루틴이라는 것이 있었는데, 예민한 선수들은 티셔츠 한 장이 바뀌는 것까지도 받아들이지 못하고 심리적 불안을 느끼거나 성적 부진으로 이어지는 경우가 왕왕 있었다.

퍼거슨의 조심스러운 도움 요청은 바로 그런 것 때문이었다.

하지만 민우에게만큼은 해당 사항이 없는 이야기였다.

민우는 얼마 전, 스파이크를 구매하며 알게 되었던 특별한 능력을 떠올리고는 가볍게 미소를 지었다.

'뭐, 디자인만 바꾸면 되는 거니까 어렵지 않지.'

민우는 긴 고민 없이 흔쾌히 퍼거슨의 요청을 받아들였다.

"그런 거라면 얼마든지 가능하죠. 그런데 이게 무슨 의미라도 있는 건가요?"

―물론이죠. 경쟁 브랜드를 착용하고 미디어에 노출되면 노출될수록 강민우 선수에 대한 관심이 곧 강민우 선수가 착용한 브랜드로 이어지기 때문이에요. 니케로서는 상당히 거슬리겠죠.

퍼거슨의 간결한 설명에 민우는 납득했다는 듯 고개를 끄덕였다.

"그렇군요. 그럼 제가 해야 할 일은 그것뿐인가요?"

─예. 그것만 해주시면 나머지는 제가 다 알아서 할 게요.

퍼거슨의 목소리엔 자신감이 넘치고 있었다.

그 믿음직스러운 목소리에 민우가 가볍게 고개를 끄덕였다.

"예, 알겠습니다."

─그럼, 진행이 되는대로 다시 연락을 드릴게요.

마지막 인사와 함께 퍼거슨과의 통화를 끝낸 민우는 꿈같은 일들이 하나하나 현실이 되는 모습에 입가에 미소를 지었다.

'내가 그래도 인복이 있기는 한가 보다.'

과거 한국에서 시작된 작은 인연이 결국 자신을 메이저리그의 문턱까지 이끌어온 것이라고 생각하니 감회가 새로웠다.

잠시 행복한 표정을 짓고 있던 민우는 곧장 스마트폰의 인터넷 검색창을 켜고는 배트와 스파이크의 이미지를 검색하기 시작했다.

'어디보자, 미노즈 배트라…… 이게 좋겠네.'

민우는 미노즈의 배트들 중 현재 자신이 쓰고 있는 배트처럼 나뭇결이 그대로 드러나는 배트를 보고는 고개를 끄덕였다.

현재 쓰고 있는 배트에서 로고만 바뀌는 식이었기에 민우는 별 고민 없이 배트를 뽑아 들고는 모양을 바꾸겠다는 의지를 떠올렸다.

그리고 머릿속에 이미지를 형상화하자 배트 주변부가 꿀렁거리더니 곧 감쪽같이 미노즈 사의 로고가 새겨져 있는 모양으로 변해 있었다.

'와, 이건 다시 봐도 진짜 신기하단 말이지.'

잠시 감탄에 빠져 있던 민우는 뒤이어 스파이크는 아다디스 사의 파란색과 하얀색이 조화를 이루는 스파이크의 모양으로 바꿨다.

'글러브랑 야구 장갑은 니케 브랜드가 아니니 굳이 바꿀 필요는 없고, 이 정도면 되겠지.'

모든 준비를 마친 민우는 잠시 자신의 때가 탄 글러브와 야구 장갑을 바라봤다.

'기왕이면 이것들도 능력치가 조금 붙은 녀석들로 상점에서 하나 얻었으면 좋겠는데 말이지.'

민우가 포인트 상점에서 구입한 아이템이라고는 게르마늄 목걸이, 윤기가 흐르는 자작나무 배트, 그리고 점핑 스파이크까지 3개뿐이었다.

투수용 글러브는 진즉에 상점에 갱신이 된 상태였지만, 투수용 글러브를 외야 수비에서 사용하기엔 무리가 있었다.

'말 그대로 투수 전용이니까.'

하지만 당장 비상용 포인트를 제외한 가용 포인트는 1,030포인트뿐이었기에 만약 좋은 아이템이 나왔더라도 구매할 수는 없는 상황이기도 했다.

'뭐 당장 쓰지 못하는 건 아니니까. 천천히 하자, 천천히.'

곧 생각을 정리한 민우가 모양이 바뀐 장구를 하나씩 들어 매만지기 시작했다.

                    *   *   *

끼익―

휴대폰을 책상에 내려놓은 퍼거슨이 의자의 등받이에 몸을 깊게 파묻었다.

'앞으로 일주일. 일주일 동안 연락이 없다면, 계약 의사가 없다고 봐야겠지. 그동안 다른 브랜드에 접촉해서 쓸 만한 패를 만들어두면 더 좋을 거야.'

민우에게 자신만만하게 이야기를 했지만, 모든 일에 100%라는 확률은 존재하지 않는 법이었다.

결정을 내린 퍼거슨은 이내 머릿속에서 니케와의 계약 건을 지워 버리고는, 여타 브랜드와의 협의를 위해 도움이 될 만한 자료들을 보충하며 만약의 사태를 대비할 준비를 하기 시작했다.

                    *   *   *

8월 17일, 3주 만에 돌아온 꿀맛 같은 휴식일에 채터누가의 선수들은 훈련보다는 체력을 보충하는 데 집중하는 모습이었다.

이유는 다음 날부터 시작되는 몽고메리 비스킷츠와의 교류전이 원정 5연전이기 때문이었다.

짧디 짧은 휴식일을 뒤로한 채, 채터누가의 선수들이 하나둘 전세 버스에 몸을 실었다.

마이너리그의 일정도 이제 막바지를 향해 달려가고 있었다.

채터누가가 앞으로 9월 초까지 치러야 할 잔여 경기는 아직도 19경기가 남아 있었다.

민우는 현재 성적이라면 웬만큼 죽을 쑤지 않는 이상 메이저리그로 올라가는 것이 확정적이었기에, 오늘 경기를 포함해 13경기만이 남아 있는 상태였다.

'복귀한 지 얼마나 됐다고 벌써 이별 준비라니.'

자신이 부상으로 빠진 뒤, 고생을 했던 선수들을 생각하니, 잔여 경기를 민우 없이 치러야 할 선수들에게 벌써부터 미안한 감정이 생기고 있었다.

몽고메리 비스킷츠의 홈구장인 리버워크 스타디움은 채터누가에서 남쪽으로 4시간여를 달려야 도착할 수 있는, 꽤나 고된 여정이었다.

장시간을 달려야 하는 일정이었기에 덜컹거리는 버스 안에서 선수들은 일찌감치 단잠에 빠져 있는 모습이었다.

'후반기 들어서 다들 알게 모르게 피로들이 많이 쌓였겠지.'

부상으로 인해 후반기의 고된 원정길을 동행하지 않았던 민우였기에 체력적으로 그들보다 여유가 있는 편이었다.

민우는 그들 사이에서 같이 잠에 빠져드는 대신, 짐을 뒤적거리더니 종이 뭉치를 꺼내 들었다.

종이 뭉치의 첫 페이지에는 몽고메리 비스킷츠의 홈구장, 리버워크 스타디움에 대한 정보가 간략하게 적혀 있었다.

그리고 그 옆에 추가로 쓰인 것은 손으로 직접 적어 넣은 듯 보였다.

이미 전날 모두 살펴본 내용이었지만 혹시나 놓친 것이 없지는 않을까, 다시 한 번 살펴보는 민우였다.

'데이터는 쌓이면 쌓일수록 좋은 거니까.'

리버워크 스타디움은 상당히 독특한 구조를 가지고 있었다.

좌측 펜스 너머로는 곧장 기찻길이 붙어 있기 때문에 펜스의 모양이 기찻길을 따라 일직선을 그리고 있었다.

그 때문에 좌측 펜스까지의 거리는 314피트(95m)에 불과했고, 펜스 높이를 다른 펜스보다 두 배(5m) 높이 세워둔 상태였다.

그리고 센터 펜스까지 가면서 그 거리가 점점 길어져 센터 펜스는 401피트(122m)를 보이고 있었다.

하지만 가장 독특한 점은 우측 펜스였다.

377피트(114m)의 거리를 가진 우측 펜스 한가운데에는 혹처럼 툭 튀어나온 부분이 있었는데, 이 튀어나온 부분이 종종 바운드되는 타구의 방향을 변칙적으로 바꾸며 경기의 향방을 가르기도 했다.

민우는 바로 옆자리에서 코를 골며 단잠에 빠져 있는 샌즈의 얼굴을 잠시 바라봤다.

그러고는 방향을 잡지 못하고 뛰어다닐 샌즈의 모습을 상상하고는 피식 웃어 보였다.

'너 오늘 고생 좀 할지도 모르겠다.'

이 외에는 딱히 특별한 점이 보이지 않았다.

펜스 높이가 낮은 것을 제외하고는 중견수인 민우에게는 그리 큰 부담이 없는 구장이었다.

오히려 공격에서는 간당간당한 타구가 펜스를 넘어갈 확률이 높은 편이었다.

이내 종이 뭉치는 다시 민우의 가방 속으로 들어갔다.

민우는 약간의 피로감을 느끼며 등받이에 기댄 채, 천천히 눈을 감았다.

'퍼거슨을 도와서 좋은 계약을 따내려면, 오늘부터 보여줄 퍼포먼스도 중요하다. 마침 팀도 11연승을 이어가고 있으니까, 시기도 적절하고. 유종의 미를 거두고 가야겠지.'

민우의 뇌리에 팀의 승리, 자신의 활약, 그리고 퍼거슨이 잠시 떠오른 뒤 천천히 가라앉았다.

선수들을 실은 버스가 몽고메리 시내로 진입한 지 얼마 지나지 않았을 때.

툭! 투둑! 툭!

창밖으로 물방울이 하나둘 떨어져 내리기 시작했다.

'음?'

버스의 창문을 두드리는 소리에 민우가 눈을 뜨며 천천히 고개를 돌렸다.

그리고 창을 타고 흘러내리는 빗방울을 바라보고는 신기하다는 듯, 눈을 동그랗게 떴다.

'비가 오는 걸 보는 건 정말 오랜만인데.'

민우는 미국에 와서 비가 오는 것을 본 것이 손에 꼽을 정도였다.

그것도 그라운드가 젖지 않을 정도로 극히 미미한 수준이었기에 수중전을 치러본 기억이 없었다.

그런데 창밖으로 내리는 비의 양은 이제껏 민우가 미국에 와서 본 것 중 가장 많은 양이라고 할 수 있을 정도였다.

'그래봐야 소나기 수준인 것 같지만……'

민우는 휴대폰을 꺼내 들고는 경기가 치러질 몽고메리의 날씨를 확인했다.

'강수량 0.8인치면, 20미리인가?'

빡빡한 일정 탓에 빗방울이 심하게 굵지 않은 이상 경기가 속행되는 경우가 대부분이었고, 만약 경기가 연기되면 더블헤

더로 치러야 하기 때문에 이러나저러나 선수들에게 무리가 가는 것은 마찬가지였다.

'그래도 둘 중에 고르라면 더블헤더가 낫겠지.'

우중경기를 치르게 되면 선수들에게는 갖가지 어려움이 닥쳐오게 마련이다.

미끄러운 그라운드에서 빠르게 움직이다 부상을 당할 수도 있었고, 불규칙하게 바운드된 타구를 놓치거나 받아내지 못할 위험도 있었다.

하늘로 떠오른 공이 빗속에 묻혀 시야에서 사라질 수도 있었다.

하지만 창밖으로 내리는 비의 양은 그리 많지 않아 보였다.

'오늘 선발이 너클볼 투수였으면 쌍수를 들고 환영했겠지만……'

오늘 몽고메리의 선발로 나설 투수는 평균 구속 97마일의 강속구 투수였다.

'아무래도 취소가 되긴 글러 보이고… 경기 시작 전에만 그쳐줬으면 좋겠네.'

민우가 그렇게 바람을 가친 채 창밖을 내다보는 사이, 버스는 빠르게 움직여 몽고메리의 홈구장 리버워크 스타디움에 도착했다.

경기 시작 시간이 다가왔지만, 빗방울은 약해진 모습으로 계속해서 떨어져 내리고 있었다.

채터누가는 비가 내리는 탓에 경기 전 훈련을 신속하게 끝마친 상태였다.

그럼에도 축 처지는 몸을 어찌할 수는 없는지 선수들은 여기저기에서 불편한 표정으로 그라운드를 바라보고 있었다.

"아우. 처진다, 처져."

더그아웃 난간에 거의 매달리다시피 한 모습으로 떨어지는 빗방울을 바라보던 고든의 하소연에 나란히 늘어져 있던 램보마저 한숨을 푹 쉬었다.

"벌써부터 마이 스위트 홈이 그립다. 채터누가는 쨍쨍하겠지."

경기 전부터 퍼져 있는 선수들의 의욕 없는 모습에 민우마저 몸이 처지려는 것을 느끼고는 흠칫거렸다.

이미 훈련 시작 전에 민우는 '분위기 메이커' 스킬을 사용한 상태였지만, 그 효과는 마치 사용하지 않은 것처럼 극히 미미한 듯 보였다.

결국 이런 선수들을 다독이는 것은 언제나 스미스의 몫이었다.

"자자. 조금 있으면 경기 시작하는데 언제까지 그렇게 처져 있을 거냐. 우리가 지금 11연승 중인 걸 잊은 건 아니겠지?"

스미스의 외침에 선수들의 눈빛에 천천히 생기가 돌아오기 시작했다.

"예에!"

"가야지! 12연승!"

"그런데 몸이 말을 안 듣네……."

하지만 몸이 처지는 것만큼은 어쩔 수 없는지 입만 벙긋거리는 모습이었다.

"민우가 오늘도 한 방 날려주겠지."

난간에 축 기대어 있던 고든의 한마디에 스미스의 미간이 가볍게 찌푸려지는 모습이 보였다.

곧, 스미스가 선수들과 투닥거리기 시작했고, 민우는 그 사이에서 조용히 외곽으로 빠져나오며 걱정스러운 한숨을 내쉬었다.

'오늘 경기… 잘 할 수 있을까?'

"플레이볼!"

민우의 걱정을 뒤로한 채, 국가 제창이 끝나고 빠르게 경기가 시작되었다.

경기 전까지 처진 듯 보이던 선수들은 경기가 시작되자 언제 그랬냐는 듯이 의욕적인 눈빛을 보이며 최선을 다해 몸을 움직이고 있었다.

하지만 그런 의욕과는 별개로 상대 투수의 구위에 눌린 듯, 1회 초부터 채터누가의 테이블 세터와 3번 샌즈까지 삼진 2개를 헌납하는 무기력한 모습을 보이고 있었다.

그리고 2회 초.

슈우욱!

딱!

"아웃!"

선두 타자로 나선 스미스마저 3구만에 투수 앞 땅볼로 물러나는 모습을 보이고 있었다.

전광판에 찍힌 구속은 98마일(158㎞)이었다.

대기 타석에서 그 모습을 바라보던 민우는 너무나도 묵직해 보이는 구위에 혀를 내둘렀다.

'어휴. 구속도 구속이지만 공이 엄청 묵직하네. 거의 100마일처럼 느껴지는데.'

민우는 천천히 타석으로 향하며 위풍당당한 표정으로 마운드를 지키고 있는 투수에게 시선을 돌렸다.

몽고메리의 선발투수로 마운드에 오른 선수는 좌완 파이어볼러 맥기였다.

좌완 파이어볼러는 지옥에서도 데리고 온다는 말이 있듯이, 우완보다 적은 숫자라는 희귀성에 더해 100마일에 가까운 빠른 구속을 가진 좌완 투수는 더더욱 찾아보기 어려웠다.

거기서 그쳤다면 문제가 없었겠지만, 맥기의 특징은 패스트볼의 무브먼트가 몹시 뛰어나다는 점이었다.

거의 대각선을 그리며 들어오는 빠른 구속의 패스트볼 궤적에 볼 끝의 변화마저 심한 모습이었다.

그만큼 타자들이 맥기의 패스트볼을 배트 중심에 맞추기란 여간 힘든 게 아니었다.

이런 스펙을 바탕으로 맥기는 열에 여덟은 패스트볼을 던지는 자신감을 보이고 있었고, 그 결과, 올 시즌 110이닝을 던지며 뽑아낸 삼진 개수만 무려 140개가 넘을 정도였다.

단점이라면 포수의 미트와는 자주 어긋나는 제구력이 있었다.

이 제구력의 문제로 맥기는 어이없는 실점에 더해 평균 5이닝이라는 짧은 투구 이닝을 보이며 선발투수로서는 치명적이라고 할 수 있는 문제를 종종 보이고 있었다.

만약 그 제구만 잡힌다면 곧장 트리플A, 혹은 메이저리그까지 올라갈 수 있으리라는 평을 듣고 있는 투수가 바로 맥기였다.

그러나 오늘만큼은 무적의 투수인 양 위력적인 공을 펑펑 뿌려대고 있었다.

민우는 정말 오랜만의 원정 경기였기에 자신을 향해 쏟아지던 환호성이 없는 것에 괜스레 어색함을 느끼고 있었다.

그러고는 스스로 그런 생각을 했다는 것이 우스운지 피식 웃어 보였다.

민우를 주시하고 있던 몽고메리의 포수는 민우의 미소에 미간이 꿈틀거렸다.

"얼굴에 공이라도 맞고 싶은 거냐?"

포수의 시비를 거는 듯한 말투에 민우가 황당한 듯 피식거렸다.

그러고는 돌연 무슨 생각이 든 건지 들고 있던 배트를 포수의 앞으로 휘두르듯 쭉 뻗어 보였다.

휙!

마치 자신을 향해 배트를 휘두르는 듯한 모습에 움찔거린 포수가 화를 내려는 찰나.

"이 배트, 정말 멋있지 않아?"

민우가 내뱉은 말에 포수가 무의식적으로 배트를 훑었다.

그의 눈앞에 있는 것은 그저 평범한 나무 배트일 뿐이었다.

곧 황당한 표정의 포수가 시선을 돌려 민우를 노려봤다.

"나랑 지금 장난하자는 거냐?"

그 모습에 배트를 거둬들인 민우가 능청스러운 표정으로 고개를 저어 보였다.

"그럴 리가. 빨리 시작하자고. 내 배트는 빨리 앞으로 나와서 공을 맞이하고 싶어 하고 있으니까."

그 말과 함께 민우가 시선을 앞으로 돌려 버렸다.

포수는 잠시 그 모습을 매서운 눈빛으로 바라보더니 가랑이 사이로 손을 넣고 빠르게 사인을 보내기 시작했다.

그 사인에 마운드 위에서 사인을 기다리던 맥기의 눈이 의문으로 차올랐다.

하지만 곧, 무겁게 고개를 끄덕인 맥기가 천천히 글러브를 가슴팍으로 끌어 올리고는 잠시 민우를 바라봤다.

그러고는 천천히 다리를 끌어 올리고는 강하게 스트라이드를 내디디며 공을 뿌렸다.

슈우우욱!

맥기의 손을 떠난 공이 매서운 속도로 뻗어가기 시작했다.

동시에 타이밍을 재던 민우의 눈이 크게 떠지더니 급히 몸을 뒤로 움츠렸다.

그리고 눈앞으로 '쌔엑' 하는 소리를 내며 공이 지나가는 것이 보였다.

팡!

"볼!"

겨우 중심을 잡은 민우가 굳은 표정으로 포수를 바라봤지만, 포수는 아무것도 모른다는 듯한 얼굴로 투수에게 공을 던지고 있었다.

'고의가 아니라 이 말이지?'

민우가 보기에는 일부러 몸 쪽 하이 패스트볼을 던진 것처럼 느껴졌다.

하지만 맥기의 패스트볼 궤적은 마치 좌타자의 등 뒤에서 나타나는 듯한 궤적을 그렸고, 결국 공이 미트에 꽂힌 위치는 스트라이크존의 위쪽이었다.

그만큼 패스트볼의 무브먼트가 좋다는 뜻이기도 했다.

'알고는 있었지만, 확실히 실전은 다르네.'

민우는 세차게 뛰는 심장을 진정시키고는 다시금 배터 박스에 자리를 잡았다.

민우의 굳은 표정을 바라본 포수는 의미심장한 미소를 지으며 다시금 빠르게 사인을 보내기 시작했다.

'아무리 강심장이라 해도 이건 무섭겠지. 바로 눈앞으로 보여줬으니까.'

눈앞의 높은 공 뒤에 바깥쪽 낮은 공은 볼 배합의 기본 중의 기본이라고 할 수 있었다.

특히 구속이 빠른 투수의 공이라면 그 효과는 더욱 배가 되었다.

거기에 눈앞으로 위협구를 던지는 것은 홈 플레이트 쪽으로 달라붙는 타자들을 뒤로 물러나게 만들기 위한 가장 보편적인 방법 중 하나이기도 했다.

민우가 겉으로는 신경을 쓰지 않는다는 듯, 곧 원래의 위치에 다시금 자리를 잡는 모습을 보였지만, 포수는 위협구가 충분히 먹혔으리라 판단하고 있었다.

'맥기의 공은 흔한 게 아니니까. 바로 눈앞으로 지나갔다고 느꼈을 테니, 몸의 긴장이 풀리기 전에 승부를 본다.'

몽고메리의 포수, 애슐리는 경기 전날, 8경기 연속 홈런 기록을 세웠던 타자라는 이야기를 듣고, 각종 자료를 분석했었다.

하지만 그의 눈에는 민우에게서 딱히 눈에 띄는 약점이 보이지 않았다.

유일하게 눈에 띄는 것은 바깥쪽 스트라이크존에 걸치는 궤적의 공에 그나마 타율이 조금 떨어진다는 것뿐이었다.

하지만 이마저도 너무나도 높은 시즌 타율에 약점이라고 하기도 조금 민망할 정도였다.

패스트볼 타율도 강하고, 브레이킹 볼에 대한 대처 능력도 빠른 배트 스피드와 배터 박스의 앞에 자리를 잡으며 커버하는 모습을 보이고 있었다.

'어디 바깥쪽으로 멀리 빼보자고. 구종은 투심. 빠져도 좋아.'

허리를 앞으로 푹 숙이는 특유의 동작으로 사인을 받은 맥기는 곧 가볍게 고개를 끄덕이고는 허리를 펴며 글러브를 가슴팍으로 끌어 올렸다.

그러고는 와인드업 자세에서 빠른 키킹과 함께 곧장 공을 뿌렸다.

슈우욱!

맥기의 손을 떠난 공은 초구보다 조금 더 안쪽으로, 조금 더 낮게 날아오고 있었다.

'존 안쪽!'

궤적의 판단과 동시에 민우가 눈을 부릅뜨고는 강하게 스트라이드를 내디뎠다.

곧장 뒤따라 나온 배트가 매섭게 돌아가며 스트라이크존

의 바깥쪽 낮은 코스로 휘둘러졌다.

그런데 배트가 홈 플레이트에 다다른 순간.

존 안쪽으로 급격히 휘어지는 공에 민우의 미간이 찌푸려졌다.

'투심?'

딱!

스위트 스폿을 한참 벗어난 안쪽 부위에 맞으며 둔탁한 타격음이 울려 퍼졌다.

동시에 민우는 배트를 내던지고는 곧장 1루를 향해 전력질주를 하기 시작했다.

타다다닷!

민우의 배트를 떠난 타구는 가볍게 떠오르며 몽고메리의 유격수, 핸더슨의 정면을 향해 쏘아졌고, 그 모습에 포수의 입꼬리가 가볍게 말려 올라갔다.

'잡았… 어?'

하지만 포수의 눈빛은 곧 황당함으로 물들어갔다.

핸더슨이 여유 있는 자세로 제자리에서 글러브를 내미는 순간, 타구가 휘청거리더니 글러브 끝에 스치고는 속도가 줄은 채 핸더슨의 다리 사이를 뚫고 외야로 흘러나갔다.

핸더슨이 망연자실한 표정으로 급히 그 공을 쫓는 사이, 뒤쪽으로 흘러나오는 공의 모습에 뒤늦게 좌익수와 중견수도 타구를 향해 내야 방향으로 달려 내려오는 모습이 보였다.

그 모습에 관중들이 황당한 표정으로 탄식을 내뱉기 시작했다.

"아아!!"

"무슨 짓이야!"

'뭐지? 공을 빠뜨렸나?'

타다닷!

1루를 향해 전력 질주를 하던 민우는 힐긋 고개를 돌려 유격수를 바라봤다.

그리고 유격수가 등을 보이고 있는 모습을 발견하자마자 곧장 고민 없이 회전 반경을 만들며 몸을 돌렸고, 2루를 향해 전력으로 내달리기 시작했다.

─2구 타격! 아앗! 유격수가 손쉽게 잡을 수 있는 타구를 놓치고 맙니다! 다리 사이로 공이 흘러서 외야로 애매하게 흘러 나갑니다! 어? 타자 주자 1루에서 멈추지 않고 빠르게 1루를 돌아 곧장 2루로 향합니다!

민우가 2루를 네다섯 걸음을 남겨두었을 때, 좌익수보다 더 빨리 공을 잡은 유격수가 2루로 송구를 뿌리기 위해 발을 내디디는 순간.

철푸덕!

그라운드에 맺힌 물기 때문인지 유격수가 순간 휘청거리며 몸이 미끄러졌고, 넘어지면서 뿌린 송구는 생각보다 느리고, 높게 2루를 향해 날아갔다.

그사이 민우는 곧장 2루를 향해 몸을 날리며 손을 쭉 뻗었다.

촤아아악!

팡!

툭!

민우가 2루 베이스를 손으로 짚고 나서야 손 위로 2루수의 글러브가 내려앉았다.

곧 고개를 든 민우와 글러브를 대고 있던 2루수가 동시에 2루심의 얼굴을 바라봤다.

옆 걸음질을 치며 그 모습을 처음부터 끝까지 바라보던 2루심이 곧 날렵한 동작으로 양팔을 벌려 보였다.

"세이프!"

그 모습에 채터누가의 더그아웃에서 선수들의 환호성이 쏟아져 나왔다.

"대박!!"

"저걸 2루타로 만들다니!"

"민우는 실력에 운까지 따라주는구나!"

"가라! 페레즈!! 안타 하나면 선취점 기록이다! 한 방 때리라고!"

─2루에서 승부! 세이프! 2루심의 판정은 세이프! 여유 있게 세이프입니다! 잘 던지던 맥기의 흐름을 끊어내는 강민우 선수의 2루타! 채터누가의 첫 출루는 강민우 선수의 2루타로 만들어집니다!

─이것 참 뭐라고 해야 할까요. 직선타로 가볍게 끝날 뻔했던 타구였는데, 타구 판단을 잘못한 걸까요? 타구가 유격수의 글러브를 교묘하게 스치며 외야로 뻗어나갔고, 재차 공을 쫓던 유격수가 순간 몸을 가누지 못하며 어이없는 송구를 만들고 말았습니다. 2번의 미스로 인해서 아웃 카운트가 늘어나는 대신 2루타가 만들어지고 말았습니다.

─아쉽습니다. 가정이 옳은 것은 아니지만, 글러브에 스치지 않고 빠르게 빠져나가는 타구였다면 1루타로 끝날 수도 있었던 타구였는데요. 공을 빠뜨려서 당황한 것인지, 포구 동작에서도 재차 실수가 나오면서 최악의 결과를 만들어냅니다.

2루 베이스 위에 올라선 민우는 곧장 타임을 요청했다.

'어휴, 판단 미스였어.'

천천히 숨을 고르며 유니폼의 앞에 묻은 젖은 흙을 툭툭 털어내며 어색한 듯 웃고 있었다.

공이 뒤로 빠지는 모습에 독단적인 판단으로 2루까지 뛴 것이었다.

그런데 생각보다 흙이 질척거려 속도가 나지 않아 아웃 타이밍이라는 생각이 들었다.

하지만 유격수가 빠르게 공을 잡는 모습을 보고도 순간 살겠다는 생각으로 본능적으로 몸을 날렸었던 것이다.

'거기서 미끄러질 줄이야. 후후.'

만약 유격수가 미끄러지며 송구가 어설프게 오지만 않았어도 아웃이 되었을 거라는 생각에 민우가 다시금 실실 웃음을 보였다.

우연에 운까지 겹쳐 민우가 2루에 출루하면서 득점 기회를 잡은 채 터누가의 다음 타자는 6번 타자인 페레즈였다.

스위치히터인 페레즈는 이번 타석에서 우타석에 들어서 맥기를 상대하기 시작했다.

슈우욱!

팡!

"스트라이크!"

"볼!"

"볼!"

"파울!"

페레즈는 2볼 1스트라이크 이후 한가운데로 들어오는 패스트볼에 배트를 내밀었지만 맥기의 빠른 패스트볼에 눈에 띌 정도로 배트가 밀리는 모습을 보였다.

그동안 페레즈가 겪었던 96마일, 97마일짜리 공을 뿌리는 투수의 공도 마찬가지로 어려웠지만 때려내지 못할 정도는 아니었다.

하지만 맥기의 공은 마치 진즉에 메이저리그에 올라간 투수인 스트라스버그의 공이 이렇지 않을까 싶을 정도로 묵직함의 정도가 다른 모습이었다.

'어휴. 이런 공을 저 녀석은 어떻게 때려낸 거야.'

정확히는 때려냈다고 하기보다는 먹힌 타구가 운 좋게 빠져나갔다고 봐야 하는 것이 맞았지만, 운도 결국은 실력이었다.

페레즈가 2루에서 리드 폭을 점점 벌려가는 민우를 바라보며 잠시 가볍게 숨을 돌리고는 이내 다시 타석에 들어섰다.

'쫄면 될 것도 안 되겠지. 짧은 거 하나면 저 녀석은 충분히 들어올 거야.'

페레즈는 욕심을 버리고 가벼운 마음으로 다시 배터 박스에 자리를 잡았다.

2볼 2스트라이크 상황.

섣불리 공을 빼기도, 그렇다고 스트라이크존에 함부로 꽂아 넣기도 애매한 카운트.

몽고메리 배터리의 선택은 스트라이크존을 꿰뚫는 빠른 패스트볼이었다.

'아직 타이밍을 제대로 잡지 못하고 있으니까, 구석을 찌르는 패스트볼이라면 충분히 잡을 수 있을 거야.'

포수의 사인에 맥기가 흔쾌히 고개를 끄덕이고는 와인드업 자세를 취하며 힘차게 공을 뿌렸다.

슈우우욱!

이번 공은 파울을 때렸던 공보다 1마일 이상 더 빠르게 느껴졌다.

바깥쪽 코스에 아슬아슬하게 걸칠 듯 보이는 공에 페레즈가 힘을 살짝 뺀 채, 가볍게 단타를 치겠다는 생각으로 배트를 돌렸다.

딱!

그럼에도 배트가 밀리는 느낌이 들며 홈 플레이트 앞에서 바운드되는 타구에 페레즈가 곧장 배트를 놓고 1루를 향해 달려가기 시작했다.

타다닷!

바운드가 되는 것을 확인한 민우도 곧장 3루를 향해 전력으로 내달렸다.

그런데 튕겨 나가는 타구의 속도가 생각보다 빨랐다.

추적추적 내리는 비의 영향인지 공을 잡기 위해 다리를 놀리는 몽고메리의 2루수, 오말리의 움직임도 그리 매끄럽지가 않았다.

곧 공을 잡기 위해 속도를 높인 채 몸을 날린 오말리가 글러브를 앞으로 쭉 뻗어 보였다.

'잡지 마! 놓쳐! 흘러버려!'

1루를 향해 달려가던 페레즈의 바람이 이루어진 것일까.

아슬아슬하게 잡힐 듯 보이던 타구가 빠른 속도로 내야를 빠져나간 뒤, 찰나의 차이로 글러브가 타구가 지나간 궤적만을 훑는 모습이 보였다.

'좋아!'

빠른 속도로 3루로 향하던 민우는 3루 코치가 팔을 풍차처럼 빙글빙글 돌리는 모습에 지체 없이 홈으로 내달렸다.

타다닷!

동시에 2루수가 빠뜨린 공을 잡아낸 몽고메리의 우익수, 마툴라가 곧장 홈을 향해 강하게 공을 뿌렸다.

슈우욱!

―바운드된 타구가 오말리의 글러브를 아슬아슬하게 피해 내야를 빠져나갑니다! 그사이 타자 주자는 1루로! 2루 주자는 3루를 돌아 홈으로 내달립니다! 타구를 잡은 우익수가 곧장 공을 뽑아 홈으로 송구! 홈 승부! 홈에서! 홈에서!

얼굴을 때리는 따끔한 빗방울 사이를 뚫고 매섭게 달리던 민우는 포수가 공을 잡을 준비를 하는 모습에 파울라인에서 살짝 오른쪽으로 옮기며 곧장 몸을 날렸다.

촤아아악!

빠르게 미끄러지며 홈 플레이트를 향해 손을 뻗는 순간.

팡!

송구를 받은 포수가 곧장 몸을 틀며 민우를 향해 미트를 뻗었다.

민우는 손끝이 홈 플레이트를 스침과 동시에 등 뒤로 아슬아슬하게 닿았다 떨어지는 미트의 느낌에 곧장 주심을 바라봤다.

주심은 천천히 민우와 포수의 사이로 다가오더니 민우를 힐긋 바라보며 양팔을 크게 벌려 보였다.

그 모습에 민우가 환하게 미소를 지으며 주먹을 불끈 쥐어들었다.

"좋아!"

―세이프! 세이프! 강민우 선수의 환상적인 슬라이딩으로 홈에서 득점에 성공하며 선취점을 가져가는 채터누가입니다!

―홈으로 들어오기엔 짧은 타구라고 생각했는데 강민우 선수의 빠른 발이 기어코 점수를 만들어내는군요. 유격수 핸더슨의 뼈아픈 실책 하나가 결국 채터누가에게 점수를 헌납하는 결과로 만들어지고 말았습니다.

민우가 득점에 성공하는 모습에 원정 팀 더그아웃 위쪽에서 일련의 무리가 만세를 부르고 있는 모습이 보였다.

"와아아!"

"갓민우! 갓민우!"

"채터누가의 슈퍼 소닉을 본 소감이 어떠냐!"

4시간이라는 긴 원정 길임에도 채터누가의 선수들을 응원하기 위해 찾아온 팬들은 수천의 몽고메리 팬들의 사이에서도 전혀 주눅이 들지 않는 모습을 보이고 있었다.

비가 오는 날씨에도 4,500명 정원의 관중석을 대부분 차지하고 있던 몽고메리의 팬들은 경기 초반이어서 그런 것인지, 아니면 머나먼 원정 길에도 열정적인 응원을 보이는 채터누가 팬들의 모습이 신기한 것인지 그런 그들의 모습에도 그저 웃음을 보이고 있었다.

이후 7번 페드로자와 8번 마이어가 각각 삼진—중견수 플라이로 아웃되며 기세를 이어가지는 못하는 모습이었다.

*   *   *

1회를 잘 막아낸 리치였지만 마운드에 오르는 발걸음은 무거웠다.

1회부터 실투를 뿌렸던 기억이 떠올랐기 때문이었다.

몽고메리의 테이블 세터진의 타격감이 그리 좋지 않았기에 운 좋게 삼자범퇴로 막을 수 있었던 것이 그나마 다행이라고 할 정도로 리치는 초반부터 제구에 어려움을 겪고 있었다.

패스트볼 위주의 투구를 하는 맥기와 달리 평범한 패스트볼 구속에 커브와 체인지업을 주무기로 삼는 리치였기에, 공이 미끄러지는 일은 맥기에 비해 더욱 치명적이었고, 절대로 반갑지 않은 것이었다.

마운드 위에 올라 로진백을 매만지던 리치가 잠시 하늘을 올려봤다.

하늘은 그 어디를 보아도 빈틈없이 먹구름이 가득 낀 모양으로 비가 그칠 생각이 전혀 없어 보였다.

'습한 정도면 딱 좋을 텐데, 좀 그쳐주면 안되겠니.'

분명 전날, 경기 준비를 위해 받았던 자료에는 구름이 끼는 정도에 낮은 강수확률이라고 되어 있었다.

그런데 버스에서 눈을 떴을 때, 떨어지는 빗방울에 일기예보를 확인하니 비가 밤이 되어서야 그칠 것이라고 바뀌어 있었다.

리치가 가볍게 한숨을 내쉬었다.

비가 그치지 않으면서 유니폼에 손을 문질러도 얼마 못 가 빗방울에 손이 가볍게 젖고 있었다.

새 공을 받아서 곧장 글러브 안으로 넣어 비를 맞지 않게 하고 있었지만 이것도 잠깐이었다.

앞선 1회에도 같은 일을 반복했지만, 초구를 뿌리고 나면 어느새 빗방울이 공의 표면을 적시고 있었다.

공이 두어 번 오고가다 보면 물기를 머금은 공이 조금씩 무거워졌고, 표면도 미끌거렸다.

이런 날은 평소보다 손에서 공이 빠지는 것을 더욱 주의해야 했기에 체력적으로도 소모가 더 크게 느껴졌고 실제로도 그랬다.

'부디 손에서 빠지지 않기를.'

작은 바람과 함께 들었던 고개를 내린 리치는 유니폼에 손을 재차 문질렀다.

홈 플레이트 쪽을 바라보니 타석으로 들어오는 타자의 모습이 보이고 있었다.

2회 말, 선두 타자로 나선 타자는 몽고메리의 4번을 맡고 있는 포수, 애슐리였다.

4번 타자를 맡고 있는 타자답게 그 펀치력을 자랑하며 팀 내에서 가장 많은 10홈런을 기록하고 있는 타자가 바로 애슐리였다.

다만 그런 펀치력과는 달리 2할 7푼이 채 되지 못하는 타율이 리치의 걱정을 조금이나마 덜어 주고 있었다.

한 방이 있는 타자들에게는 더욱 신중하게 공을 뿌려야 했기에, 리치는 다시 한 번 로진백을 매만지고는 포수의 사인에 따라 공을 뿌리기 시작했다.

슈욱!

팡!

"볼!"

초구는 스트라이크존의 바깥쪽 낮은 코스로 살짝 빠지는 패스트볼이었다.

애슐리는 움찔하는 모습을 보였지만, 배트를 내밀지는 않왔다.

그 모습에 눈을 힐긋거린 마이어가 빠르게 머리를 굴리기 시작했다.

'패스트볼을 노리고 있는 건가? 이번 공은 바깥쪽으로 휘어져 들어가는 커브로.'

리치는 마이어의 사인에 곧장 주문한 위치로 공을 뿌렸다.

슈우욱!

팡!

"스트라이크!"

생각보다 공 반 개 정도가 안으로 쏠렸지만 애슐리는 역시 몸을 움찔거릴 뿐, 공을 흘려보내는 모습을 보였다.

'두 번 다 반응을 보이려고 했어? 노림수를 가지고 나온 게 아닌 건가?'

잠시 의문을 가졌지만 명확한 답은 나오지 않았다.

이후 3구는 다시 한 번 바깥쪽으로 떨어지는 체인지업으로 스트라이크를, 4구는 배트를 이끌어내기 위해 커브를 던졌지만 생각보다 더 아래로 떨어지며 볼이 되고 말았다.

볼카운트는 2볼 2스트라이크 상황.

계속해서 움찔거리기만 하는 애슐리의 모습에 고개를 갸웃거린 마이어가 5구째 사인을 보냈다.

'4개 모두 바깥쪽 공만을 보여줬으니까 머리가 조금은 복잡할 거야. 몸 쪽 높은 코스로 허를 찔러보자. 스트라이크존에

꽂아 넣어.'

빠르게 움직이는 마이어의 손가락을 바라보던 리치가 고개를 끄덕이고는 와인드업 자세를 취했다.

그러고는 강하게 스트라이드를 내디디며 힘껏 공을 챘다.

하지만 그 의도와 달리 공은 생각보다 더 아래쪽으로 향해 날아가기 시작했다.

슈우욱!

그리고 여태껏 움찔거리기만 하던 애슐리의 배트가 빠르게 돌아 나와 리치가 던진 공을 맞이했다.

따아악!

그라운드를 관통하는 경쾌한 타격음에 리치의 얼굴에 낭패감이 서렸다.

애슐리의 눈이 느린 공에 익숙해진 탓인지 살짝 늦은 타이밍이었지만, 타구를 외야로 날려 보내는 것에는 큰 문제가 없는 수준이었다.

애슐리는 잠시 우중간으로 향하는 타구를 바라보더니 곧 배트를 놓고 1루를 향해 달려가기 시작했다.

―제5구! 몸 쪽으로 몰린 패스트볼을 걸어 올린 타구! 크게 떠오른 타구는 우중간으로! 중견수 강민우 선수가 타구를 쫓아 빠르게 달려갑니다!

타다닷!

엷은 빗방울이 계속해서 떨어지고 있었지만, 민우의 눈에 보이는 라인은 평소와 다름없이 선명한 모습을 보이고 있었다.

덕분에 민우는 빗방울 사이로 타구를 찾기 위해 인상을 찌푸릴 필요가 없었다.

민우는 시야에 보이는 화살표와 타구의 궤적을 알려주는 라인이 모두 붉은빛을 띠는 것을 확인하고는 빠르게 움직이고 있던 다리 근육을 더욱 바짝 조였다.

그리고 민우가 펜스에 점점 가까워질수록 그 색은 눈에 띌 정도로 점점 옅어져 갔다.

타구의 궤적을 알려주는 라인은 펜스의 위쪽으로 넘어가고 있는 모습이었다.

낙구 지점이 표시되지 않는다는 건, 펜스를 넘어가는 타구라는 의미이기도 했다.

하지만 그 펜스 위쪽으로 지나가는 라인은 점프를 하면 충분히 닿을 수 있는 높이였다.

'소리만 들었을 땐 크게 넘어갈 것 같았는데, 이 정도라면 잡을 수 있어.'

펜스의 근처에 도달한 민우가 천천히 속도를 죽이며 타구의 위치를 확인했다.

라인을 따라 쭉 날아오던 타구는 펜스 근처에 거의 도달한 모습이었다.

민우는 발밑에 밟히는 그라운드의 느낌이 달라지는 것에 워닝 트랙에 도달했음을 깨닫고는 곁눈질로 펜스의 위치를 확인한 뒤 몸을 날렸다.

공중에 떠오른 민우가 펜스 위쪽으로 글러브를 쭉 뻗었다.

그리고 민우의 글러브와 라인이 일직선을 그리는 순간.

팡!

글러브를 타고 느껴지는 공의 느낌에 민우는 곧장 글러브를 말아 쥐었다.

쿵!

'윽.'

동시에 펜스가 등 뒤로 닿는 느낌과 함께 글러브를 낀 팔이 펜스 뒤쪽으로 살짝 넘어갔다가 다시 되돌아왔다.

민우는 부상 이후 구입한 특성인 '펜스 브레이커'의 효과로 등도, 팔도 아주 미미한 통증만이 느껴지고 있었다.

모두의 관심은 민우가 말아 쥔 글러브에 공이 들어 있는지, 넘어갔는지에 쏠렸다.

"후~"

곧, 그라운드로 내려앉은 민우가 글러브 속에서 공을 꺼내 외야 쪽으로 약간 올라와 있던 2루수에게 가볍게 던져 주었다.

그 모습에 2루에 거의 도달했던 애슐리의 발걸음이 느려지며 그 얼굴에 허탈한 표정이 피어올랐다.

　─펜스! 펜스! 중견수가! 오오! 잡았나요? 글러브에… 공이 있습니다! 잡았습니다! 강민우의 호수비! 애슐리의 홈런성 타구를 훔쳐냅니다! 애슐리 선수는 넘어갔다고 생각했던 것 같습니다. 상당히 아쉬운 표정을 짓고 있네요.
　─타구의 궤적은 넘어갈 것처럼 보이기는 했습니다만, 아무래도 우천 경기인 만큼 습도가 높은 것이 원인이겠죠.
　─습도와 타구에는 어떤 상관관계가 있는지 간단히 설명해 주실 수 있나요?
　─예. 연구결과에 따르면 습도가 10% 올라갈 때마다 125미터를 날아가는 타구를 기준으로 비거리가 약 3피트(0.9m)가 떨어진다고 알려져 있거든요. 그러니까 만약 습도가 100%라면 타구의 비거리는 약 30피트(9m)가 줄어들게 되는 것이죠.
　물론 기온이나 기압 등의 많은 변수가 있지만 이런 연유로 비거리가 줄어든다는 겁니다. 조금 전의 애슐리 선수의 타구가 더 멀리 뻗지 못한 것에는 이런 이유가 있었다고 볼 수 있습니다.
　─아~ 그래서 애슐리 선수의 타구를 강민우 선수가 잡을 수 있었던 것이군요. 알겠습니다~

　민우의 호수비로 실점을 면한 리치는 이후 5번 마틀라에게 우익선상을 타고 흐르는 2루타를 맞았지만 후속 두 타자를 모두 범타 처리하며 실점 없이 이닝을 마무리할 수 있었다.

리치는 더그아웃으로 돌아오는 민우를 기다리고 있다가 그 엉덩이를 툭 쳐주며 고맙다는 표현을 보였다.

이후 4회 초, 1아웃 상황.

슈우욱!

맥기의 손을 떠난 공이 스트라이크존이 아닌 스미스의 몸 쪽으로 날아갔다.

그 모습에 스미스가 황급히 몸을 틀어 엉덩이 부위에 공을 맞고 말았다.

빡!

"크으."

가죽이 울리는 소리와 함께 스미스가 고통에 인상을 팍 찌푸렸다.

하지만 스미스는 이내 고통을 억누르고는 빠르게 1루로 향하는 모습을 보였다.

'어우, 엄청 아프겠네.'

대기 타석에서 그 모습을 바라보던 민우는 마치 자신이 그 공에 맞은 듯 인상을 팍하고 찌푸렸다.

아무리 살덩이가 많은 부위에 맞았다고는 해도, 전광판에 찍힌 97마일(156㎞)라는 구속은 그리 만만한 구속이 아니었다.

아마 경기가 끝나고 나서 확인해 보면 시퍼렇게 멍이 들어 있을지도 몰랐다.

잠시 스미스의 엉덩이에 애도를 표한 민우가 천천히 타석으로 들어섰다.

'보통의 투수였다면 몸에 맞힌 직후라 몸 쪽으로 공을 던지길 주저하겠지만… 이 녀석은 아니라고 했었지.'

일반적으로 투수가 자신의 공에 타자가 맞는 경우가 생기면 한동안 몸 쪽 공을 던지는 것을 주저하는 것이 보통이었다.

하지만 민우가 살펴본 스카우팅 리포트에는 맥기는 두 타자를 연속으로 사구로 출루시킨 적이 있을 정도로 몸 쪽 공을 던지는 것을 두려워하지 않는 투수였다.

민우는 첫 타석에서의 패스트볼 궤적을 떠올리며 수없이 많은 가상의 라인을 그려 쳐야 할 공과 피해야 할 공에 대해 대략적으로 감을 잡은 상태였다.

'이번에는 제대로 한 방 날려줘야겠지.'

첫 타석에서는 운 좋게 '논 스핀 히트' 특성의 효과로 인해 2루타가 된 것이었지, 보통이었다면 평범한 직선타, 혹은 땅볼로 아웃될 타구였다.

하지만 이번에는 호락호락하게 당해줄 생각이 없었다.

'포심 아니면 투심. 둘 중 하나일 뿐이니까. 구분만 해내면 돼.'

맥기는 포심 패스트볼과 투심 패스트볼 이외에도 커브와 체인지업을 던질 줄 알았지만, 말 그대로 던질 줄 아는 것뿐이었다.

자신의 구위에 자신감이 있는 맥기에게 필요한 것은 포심 패스트볼과 투심 패스트볼뿐이었고, 그중에서도 거의 대부분의 공은 포심 패스트볼이었다.

민우가 생각을 마치고 타격 자세를 취하자, 곧장 공이 날아오기 시작했다.

슈우욱!

초구는 스트라이크존의 바깥쪽 낮은 구석을 찌르는 포심 패스트볼이었다.

팡!

"스트라이크!"

민우의 눈엔 스트라이크존으로 들어오며 살짝 바깥으로 휘어져 나갔다고 보였지만, 주심의 판단은 스트라이크였다.

어차피 건드려도 제대로 된 타구를 만들기 힘든 궤적이었기에 민우는 빠르게 미련을 버렸다.

이후 2구는 다시 한 번 바깥쪽으로 흘러나가는 공에 볼을, 3구는 기습적으로 한가운데 낮은 코스를 찌르는 패스트볼이었지만 이번에도 스트라이크존을 살짝 벗어나며 볼 판정을 받았다.

볼 카운트는 2볼 1스트라이크.

민우는 배트를 다잡으며 다음 공을 기다리기 시작했다.

사인 교환을 마친 맥기가 민우를 가볍게 노려봤다.

그 시선에 민우는 직감적으로 이번 공을 노려보기로 결정을 내렸다.

이윽고 잠시 1루를 흘겨본 맥기가 세트 포지션에서 강하게 공을 뿌렸다.

슈우욱!

맥기의 손을 떠난 공은 아주 살짝 떠오른 채로 스트라이크 존의 한가운데를 향해 빠르게 날아오고 있었다.

동시에 민우가 스트라이드를 내디디며 강하게 배트를 휘둘렀다.

그때, 공의 궤적이 민우의 몸 쪽으로 급격히 휘어지는 것이 보였다.

'투심!'

민우는 곧장 허리의 회전을 살짝 멈춤과 동시에 무릎을 가볍게 굽히며 배트를 몸 쪽으로 당기듯이 조절하려 노력했다.

따아악!

민우의 배트가 깔끔한 타격음을 내뿜었지만, 타구는 낮은 포물선의 라인 드라이브의 궤적을 그리며 뻗어가기 시작했다.

타다닷!

그 모습에 1루 주자였던 스미스가 스타트를 끊은 사이, 민우는 1루를 향해 달려가기 시작했다.

손에 울림이 거의 없는 것이 스위트 스폿에는 잘 맞은 타구가 분명했다.

하지만 아쉽게도 타구의 각도가 너무 낮은 반면 그 속도는 상당히 빠른 모습이었다.

'홈런은커녕, 2루도 힘들겠는데.'

아무리 민우의 발이 빠른 편이라고 해도 이런 타구에 2루까지 가는 것엔 무리가 있었다.

텅!

슈우욱!

민우가 1루에 도달할 즈음, 이미 우측 펜스를 강타하고 튕겨 나온 타구를 우익수인 마틀라가 잡아 곧장 내야로 뿌렸다.

그 예상대로 잘 맞은 타구임에도 민우는 1루에서 멈춰 서며 2루에 진출하지는 못했다.

하지만 선행 1루 주자였던 스미스는 어느새 3루에 도착해 있었다.

─아, 이건 아쉽네요. 잘 맞은 타구였는데 맞아도 너무 잘 맞는 바람에 순식간에 펜스를 때리고 튕겨 나왔고, 우익수가 곧장 내야로 송구를 뿌리며 강민우 선수를 묶습니다. 강민우 선수의 안타로 1사에 주자 1, 3루 상황이 만들어집니다.

민우의 총알 같은 안타로 인해 1아웃에 주자는 1, 3루로 바뀌며 채터누가는 다시 한 번 득점 찬스를 가져가게 되었다.

그리고 타석에는 선취 타점의 주인공인 페레즈가 들어서고 있었다.

─3루엔 스미스, 1루엔 강민우. 타석에는 직전 타석에서 1타점 적시타를 기록한 페레즈가 들어섭니다.

하지만 이번에는 그리 호락호락하게 당하지 않겠다는 듯, 맥기의 투구에는 더욱 힘이 들어간 듯 보이고 있었다.

슈우욱!

팡!

"스트라이크!"

"스트라이크!"

'쳇.'

맥기의 묵직한 포심 패스트볼에 연속으로 2스트라이크를 빼앗기며 페레즈의 카운트가 몰리고 말았다.

정확히 2개의 공이 모두 포수가 원하는 곳으로 들어갔고, 포수는 미트에 공이 꽂힐 때마다 고개를 끄덕이며 맥기의 자신감을 세워주고 있었다.

곧이어 맥기가 세트 포지션에서 빠른 동작으로 3구를 뿌렸다.

슈우욱!

스트라이크존의 바깥쪽 낮은 곳으로 향하는 듯 보이던 공에 페레즈가 참지 못하고 배트를 내돌렸다.

딱!

하지만 배트를 타고 올라오는 짜릿한 통증에 페레즈의 미간이 고통으로 찌푸려졌다.

'젠장.'

배트를 내미는 순간, 공이 급격히 바깥쪽으로 휘어지며 아래로 떨어졌기 때문이었다.

페레즈의 배트에서 둔탁함 타격음이 들려옴과 동시에 1—2루간으로 향하는 땅볼 타구가 쏘아졌다.

—3구 타격! 1—2루간! 2루수 오말리!

타다닷!

페레즈는 곧장 1루를 향해 내달리기 시작했다.

동시에 민우도 2루를 향해 스타트를 끊으며 타구와 2루수 오말리의 사이에서 자연스럽게 그 시야를 가렸다.

페레즈의 타구를 잡기 위해 움직인 선수는 앞선 2회, 페레즈의 땅볼 타구를 막아내지 못하며 실점의 빌미를 제공한 오말리였다.

앞선 페레즈의 타구와 거의 비슷한 모양으로 튕겨 날아오는 타구에 이번에는 절대로 놓치지 않겠다는 듯, 오말리가 옆으로 몸을 날리며 있는 힘껏 팔을 뻗었다.

좌악!

꽉!

민우의 주루 플레이로 인해 타구가 가려졌음에도 오말리는 멋진 다이빙으로 타구를 잡아내고 말았다.

이후 곧장 몸을 일으킨 오말리가 신속한 동작으로 2루로 송구를 뿌렸고 2루 베이스 커버를 들어온 핸더슨의 글러브로 곧장 빨려 들어갔다.

팡!

"아웃!"

오말리의 송구가 2루에 도착하며 선행 주자였던 민우는 순식간에 아웃을 당하고 말았다.

민우는 유격수가 1루로 공을 뿌리려는 모습을 보고는 더블 플레이를 저지하기 위해 속도를 줄이지 않은 채, 유격수의 시야를 흩트리기 위해 큰 동작으로 슬라이딩을 시도했다.

'빗나가라!'

하지만 그런 민우의 노력이 무색하게 핸더슨의 손을 거친 공이 1루수 루이즈의 글러브로 날아가 빨려 들어갔다.

팡!

"아웃!"

1루 주자였던 민우에 이어 타자 주자인 페레즈마저 1루에서 잡아내는 병살타가 만들어지고 말았다.

그 모습에 투수인 맥기가 주먹을 불끈 들어 올리며 '예스!'를 연발하며 기쁨을 표출하는 모습이 보였다.

—멋지게 끊어내는 오말리! 2루 포스 아웃! 1루에서~ 아웃! 아웃입니다! 더블 플레이! 이번에는 오말리가 페레즈의 타구를 놓치지 않고 병살타로 엮어내면서 이닝을 끝냅니다!

한마음으로 페레즈의 타구를 바라보던, 더그아웃에 있던 선수들과 더그아웃 위쪽 관중석에 자리를 잡고 있던 채터누가의 팬들이 동시에 같은 동작으로 머리를 부여잡는 모습이 보였다.

"아아아!"

"민우가 2루까지 갔으면 살았을 텐데!"

"차려놓은 밥상을 그대로 엎어버리다니……."

그리고 그들 중 병살타가 터진 것에 가장 아쉬워한 것은 마운드에 올라야 하는 리치였다.

투수의 입장에서는 점수 차가 벌어지면 벌어질수록 상대 타자를 상대하는 것에 대한 부담감을 조금이나마 덜 수 있기 때문이었지만, 오늘은 다른 이유가 더해졌기에 부담이 크게 느껴지고 있었다.

'이런 날씨에는 실투 때문에 한 점 정도는 쉽게 뒤집어질 수

있으니까……'

잠시 약한 마음을 먹었던 리치가 곧 고개를 털고는 글러브를 챙겨 천천히 마운드로 향했다.

4회 말.

위기 뒤에 기회, 기회 뒤 위기가 찾아온다는 야구의 법칙이 발휘되고 있었다.

1사 1, 3루의 실점 위기를 더블 플레이로 완벽하게 틀어막으며 기세를 올린 몽고메리의 타선이 매섭게 배트를 휘두르기 시작했다.

따악!

따악!

선두 타자로 나선 2번 엘드리지의 안타에 이어 3번 루이즈의 연속 안타가 터지며 주자는 무사 1, 2루 상황이 만들어졌다.

그렇게 그라운드에 호쾌한 타격음이 울릴수록 마운드 위를 지키던 리치의 표정은 조금씩 어두워져 갔다.

'젠장. 이 망할 놈의 비. 좀 그쳐주면 안 되는 거냐?'

이닝을 시작하자마자 초구로 선택한 커브가 손에서 빠지며 엘드리지의 출루를 허용했고, 제구를 다잡기 위해 던진 패스트볼마저 보란 듯이 가볍게 건드려 안타를 때려내는 루이즈의 모습은 리치의 어깨를 무겁게 하고 있었다.

주무기인 커브의 제구 난조에 패스트볼마저 통타당하는 것은 투수의 자신감을 하락시키기에 충분했다.

거기에 타순마저 좋지 않았다.

타석에는 앞서 큼지막한 홈런성 타구를 날려 보냈던 몽고메리의 4번 타자, 애슐리가 들어서고 있었다.

앞선 타석의 큼지막한 타구가 뇌리를 스치자 리치가 미간을 가볍게 찌푸렸다.

'저 녀석에겐 까딱 잘못하면 넘어갈 거야.'

리치의 뇌리에는 어느새 민우의 호수비는 잊힌 채, 강력한 펀치력을 보여준 애슐리의 타구만이 남아 있었고, 그것이 리치의 몸을 긴장시키고 있었다.

긴장을 털어내기 위해 어깨를 가볍게 돌리던 리치의 눈과 애슐리의 눈이 허공에서 마주쳤다.

애슐리는 리치의 표정에서 무엇을 읽었는지 의미심장한 표정을 지으며 천천히 배터 박스에 자리를 잡았다.

마치 자신의 공은 얼마든지 쳐낼 수 있다는 듯한 그 표정에 리치의 미간이 가볍게 찌푸려졌다.

'젠장. 얕보지 말라고.'

손에 쥐고 있던 로진백을 마운드 옆으로 던진 리치가 허리를 살짝 숙이며 포수의 사인과 함께 공을 뿌리기 시작했다.

슈우욱!

팡!

"볼!"

초구는 바깥쪽 낮은 코스에서 살짝 빠지는 커브볼이었다.

이어 2구는 스트라이크존에서 아래로 떨어지는 체인지업이었는데 애슐리의 배트를 끌어내기엔 역부족이었는지 애슐리는 배트를 잠시 움찔거릴 뿐이었다.

이어 3구는 스트라이크존 바깥쪽 한가운데로 꽂히는 패스트볼로 스트라이크를, 4구는 한가운데로 향하다 아래로 떨어지는 커브였지만 애슐리는 여전히 배트를 내밀지 않는 모습이었다.

공을 받으며 미트를 살짝 들어 올린 마이어는 주심의 스트라이크 콜이 들려오지 않자 고개를 옆으로 기울이며 아쉬운 표정을 지어 보였다.

'유인구가 전혀 먹히질 않고 있어. 스트라이크와 볼의 경계가 너무 확연하게 드러나서 그래. 큰일인데.'

볼카운트는 3볼 1스트라이크.

다시 한 번 몸 쪽 공으로 허를 찔러볼까 생각하던 마이어가 속으로 고개를 저었다.

'몸 쪽 공을 통타당한 데다 제구까지 흔들리고 있어서 위험해. 유인구도 제대로 먹히지 않고 있고. 둘 중 하나를 고르라면 그래도 바깥쪽으로 승부를 거는 것이 확률이 높아. 스트라이크 하나만 잡자.'

1—3 카운트와 2—3 카운트는 공 하나 이상으로 그 압박감

의 차이가 있었다.

마이어의 손가락이 바쁘게 움직이는 모습을 본 리치가 무겁게 고개를 끄덕였다.

이윽고 1, 2루를 향해 견제의 눈빛을 보낸 리치가 세트 포지션으로 빠르게 공을 뿌렸다.

슈우욱!

리치의 손을 떠난 공은 제대로 긁힌 듯, 빠른 속도로 스트라이크존의 바깥쪽 낮은 코스로 찔러 들어갔다.

동시에 공의 궤적을 확인한 애슐리가 스트라이드를 내디디며 매섭게 배트를 휘둘렀다.

따아악!

'안 돼!'

체중을 실은 배트에 부딪친 타구가 크게 떠오르는 모습에 넘어갔다고 생각한 리치가 속으로 비명을 지르며 뒤를 돌아봤다.

하지만 그런 리치의 우려와는 달리 타구를 퍼 올린 애슐리는 똥 씹은 표정으로 배트를 내던지는 모습을 보였다.

애슐리의 타구는 큼지막한 타격음과는 달리 생각보다 높이 떠오른 상태로 중견수 쪽으로 향하고 있었다.

리치는 타구의 위치를 확인하고 나서야 놀란 가슴을 쓸어내리고는 우중간 방면으로 빠르게 달려가는 민우의 모습을 조마조마한 시선으로 바라보기 시작했다.

—빠른 볼! 떴습니다! 외야 쪽에 떴습니다! 중견수 강민우가 자리를 옮깁니다!

띠링!
[돌발 퀘스트 발동—One Shot Two Kill!(4/5)]
—외야 플라이를 잡아내십시오.
—3루 송구로 2루 주자의 태그 업 플레이를 저지하십시오.
—성공 시 영구적으로 수비 +1, 송구 +1. 50포인트 지급.
—실패 시 일주일간 수비 −3, 송구 −3. 경기 종료 후 하루 동안 근육통 발생.
—본 퀘스트는 발생 횟수에 제한이 없습니다.

애슐리가 리치의 공을 때려내는 순간, 민우가 타구를 향해 잽싸게 스타트를 끊었다.

그리고 그와 동시에 떠오른 퀘스트 알림에 민우의 눈이 휘둥그레졌다.

'퀘스트?'

민우의 경험상, 퀘스트가 발동되었다는 것은 곧 2루 주자인 엘드리지가 3루로 뛸 의지가 있다는 의미이기도 했다.

낙구 지점은 민우의 수비 위치에서 우중간 펜스 방면으로 10여 미터 정도 떨어진 부근이었다.

동시에 민우의 머리가 빠르게 돌아가기 시작했다.

'여기서 주자까지 잡아낸다면 분위기를 다시 가져올 수 있어! 기필코 잡아낸다!'

연속 안타를 맞고 흔들리는 리치를 돕기에는 이보다 더 적절한 상황이 없었다.

그런 생각이 들자 가까운 타구임에도 민우는 그 어떤 때보다 더욱 빠르게 발을 놀려 낙구 지점 근처에 도달했다.

그러고는 뒤로 서너 걸음을 물러서 타구 궤적을 알려주는 라인의 뒤쪽에 자리를 잡았다.

그리고 타이밍을 재던 민우가 앞으로 달려 나가며 글러브를 들어 올렸다.

팍!

동시에 잽싸게 공을 꺼낸 민우는 속도를 줄이지 않은 채, 빠르게 발을 디디며 전력으로 송구를 뿌렸다.

쑤아악!

―강민우 선수가 잡았고요! 2루 주자 태그 업! 강민우 선수 3루에 공을 던집니다!

하지만 빗방울을 가르며 빠르게 날아가는 송구를 바라보는 민우의 표정이 그리 밝지만은 않아 보였다.

'아슬아슬한데.'

민우의 포구와 동시에 2루에서 태그 업을 시도한 엘드리지의 반응속도는 글러브에 공이 들어오기 전에 뛴 것이 아닌가 싶을 정도로 빠른 모습이었다.

거기에 그 주력도 보통 이상으로 보였기 때문이었다.

민우가 뿌린 송구가 3루수의 글러브에 꽂히는 순간.

엘드리지는 태그를 피하기 위해 몸을 살짝 비틀며 베이스를 향해 발을 뻗었다.

모두의 시선이 집중된 순간.

세이프!

아주 찰나의 차이로 베이스에 먼저 닿는 엘드리지의 발을 본 3루심이 양팔을 좌우로 벌리는 제스처를 보였다.

"아⋯⋯."

민우가 3루심의 판정에 아쉬움을 드러내는 순간.

베이스를 디디며 속도를 줄이려던 엘드리지의 발이 미끄러지는 모습이 보였고, 그 몸이 중심을 잃고 휘청거리더니 외야 쪽으로 등이 돌아가며 끝내 뒤로 넘어가는 모습이 보였다.

스미스의 글러브는 포구 이후 계속해서 엘드리지의 몸에 닿아 있는 상태였다.

그 모습을 바라보고 있던 3루심은 곧장 자신의 판정을 번복한다는 듯, 앞으로 주먹을 휘두르며 아웃임을 선언했다.

─3루에! 3루에서! 어어! 아웃입니다!! 엘드리지의 발이 떨

어졌다는 판정입니다! 타이밍은 세이프였습니다만, 태그를 피하기 위해 몸을 비틀다가 중심을 잃고 베이스에서 발이 떨어졌고, 태그가 이루어졌다는 판정이 내려지네요! 엘드리지의 황당한 표정과 함께 몽고메리 더그아웃에도 탄식이 터져 나오고 있습니다.

─보셔서 아시겠지만 슬라이딩을 하다 보면 가끔 베이스를 지나치거나 몸이 떨어지는 경우가 있거든요. 확실히 엘드리지의 발이 먼저 베이스에 들어간 것은 맞지만, 지금은 3루수가 끝까지 포기하지 않고 태그를 시도한 것이 좋은 결과로 이어졌다고 할 수 있겠습니다.

─강민우 선수의 환상적인 송구에 이어서 스미스 선수의 태그가 만들어낸 멋진 플레이였습니다. 순식간에 선행 주자를 지워 버리며 2개의 아웃 카운트를 챙기는 채터누가입니다!

태그 업 플레이에 실패한 엘드리지는 자리에서 주저앉은 채 3루심에게 어필을 하는 모습을 보였지만, 3루심이 단호하게 자신의 다리를 가리키며 떨어졌음을 알리자 이내 고개를 저으며 더그아웃으로 돌아가는 모습을 보였다.

멀리서 그 모습을 바라보고 있던 민우가 쾌재를 부르며 주먹을 불끈 쥐어 보였다.

'나이스!!'

띠링!

[돌발 퀘스트─One Shot Two Kill! (5/5) 결과.]

─외야 플라이를 성공적으로 잡아냈습니다.

─빠르고 완벽한 3루 송구로 2루 주자의 태그 업 플레이를 저지해 냈습니다.

─퀘스트 성공 보상으로 영구적으로 수비 +1, 송구 +1이 상승합니다. 50포인트가 지급됩니다.

─동일 퀘스트를 5연속으로 성공했습니다. 연속 성공 보상으로 추가적으로 200포인트가 지급됩니다.

시선을 돌려 마운드를 바라보니 스미스에게 공을 건네받은 리치가 안도의 미소를 짓고 있는 모습이 보였다.

스미스가 리치의 어깨를 두드려 주고 돌아가자, 곧 리치가 민우에게로 시선을 돌렸다.

리치는 민우가 자신을 바라보고 있는 것을 확인하고는 손가락을 들어 민우를 가리켰다.

'네가 최고야!'

그 모습에 민우가 입꼬리를 말아 올리고는 손을 들어 검지와 소지를 들어 보였다.

'2아웃이야. 하나만 잡자고!'

그 모습에 리치가 가볍게 고개를 끄덕이고는 몸을 돌렸다.

이후 리치는 5번 타자인 마틀라를 3구 만에 중견수 플라이로 잡아내며 아웃 카운트 3개를 모두 채우며 이닝을 마무리 지었다.

이후 소득 없는 공방을 계속 이어가던 양 팀의 흐름이 다시금 깨진 것은 6회 말이었다.

리치는 4회 말 위기 이후 다시금 안정을 되찾고 마운드를 지키고 있었다.

그런데 6회 초부터 쏟아지던 빗줄기는 채터누가의 공격이 끝나자 더욱 거세졌고, 심판진은 경기를 일시 중지시키기에 이르렀다.

쏴아아!

쏟아지는 빗줄기 사이로 구장 관리 요원들이 잽싸게 그라운드로 튀어나와 방수포를 덮기 시작했다.

그 모습을 바라보던 민우와 동료들이 걱정스러운 얼굴로 하늘을 올려다봤다.

"와~ 미국에 와서 이렇게 비가 많이 오는 건 또 처음 보네."

민우가 한마디를 내뱉자 나란히 서 있던 동료들도 고개를 끄덕거렸다.

"올해 들어서 이렇게 많이 쏟아지는 거 처음이지?"

"그러게. 진짜 하늘에 구멍이라도 났나. 엄청 쏟아지네."

고든과 샌즈가 한 마디씩을 덧붙이는 모습에 고개를 끄덕거린 민우가 고개를 돌려 더그아웃 한편에서 점퍼를 입고 몸을 덥히고 있는 리치를 걱정스러운 눈빛으로 바라봤다.

'가뜩이나 비 때문에 제구에 어려움을 느끼고 있을 텐데, 어깨라도 식으면 좋지 않을 텐데.'

그런 민우의 걱정을 뒤로한 채, 10여 분을 쏟아지던 빗방울이 언제 그랬냐는 듯 부슬비로 바뀌어갔다.

비가 잦아드는 모습에 경기를 재개할 수 있다고 판단한 듯, 구장 관리 요원들이 잽싸게 튀어나와 방수포를 걷어내며 그라운드를 재정비하는 모습을 보였다.

그리고 곧 심판진이 양 팀 더그아웃에 가볍게 상황을 전하며 경기가 재개되었다.

6회 말, 다시금 마운드에 오른 리치가 선두 타자로 나선 1번 타자 세일럼을 3구 만에 유격수 땅볼로 돌려세우며 아웃 카운트 하나를 채웠다.

하지만 멀리서 그 모습을 지켜보던 민우의 눈에는 그 모습에서 일말의 불안함이 느껴지고 있었다.

'공 3개가 전부 마이어의 미트와 다른 곳으로 들어갔는데.'

공이 몰렸던 것에 비해 세일럼의 배트 컨트롤이 그리 좋지 못해 땅볼로 물러난 것이었기에 리치의 운이 좋았다고 봐야 했다.

그런 모습을 느낀 것은 민우뿐이 아닌지, 더그아웃에선 투수 코치인 척이 감독과 바쁘게 무언가를 이야기하는 모습을 보이고 있었다.

언제든지 튀어나갈 수 있도록 가볍게 발을 풀던 민우는 와인드업 자세를 취하는 리치의 모습에 허리를 살짝 숙이며 수비 자세를 취했다.

따악!

2번 타자인 엘드리지는 공 2개를 그대로 지켜보더니 한가운데로 크게 빠지는 3구에 배트를 내돌렸고, 타구는 우측 펜스를 향해 총알처럼 뻗어나갔다.

타다닷!

그 모습에 샌즈가 곧장 뒤쪽으로 달려가며 펜스를 맞고 튀어나올 타구를 대비하는 모습을 보였다.

그런데 하필이면 그 방향이 그리 좋지 않았다.

'어어, 설마……'

타구의 궤적을 따라 우익수 방면으로 백업을 위해 달려가던 민우의 눈에 당혹감이 여렸다.

타구의 궤적을 알려주는 라인이 펜스에 닿은 뒤, 우측 파울라인 방향으로 이어져 있었기 때문이었다.

민우가 샌즈에게 무어라 말을 해주기도 전에 우측 펜스 한가운데에 둥글게 툭 튀어나온 부분을 맞은 타구가 파울라인 쪽으로 튕겨 버렸다.

그 모습에 샌즈가 급히 타구를 쫓아 달려가 뒤늦게 주워들고 2루수를 향해 뿌렸지만, 이미 타자 주자는 2루에 도달한 뒤였다.

그 모습에 경기장에 몽고메리의 팬들의 환호성이 울려 퍼졌다.

'무슨 놈의 경기장을 이런 구조로 만들어 놓은 거야.'

민우는 리치를 향해 미안한 표정을 짓고 있는 샌즈를 바라보며, 그 자신도 '레이더' 특성이 없었다면 같은 모습을 보였으리라는 생각에 고개를 저었다.

만약 같은 북부 리그였다면 모를까, 남부 리그였기에 구장에 대한 경험이 부족해 더더욱 예측이 어려운 타구였다.

하지만 평소라면 내어주지 않아도 될 진루를 내어준 것이기에 투수가 느끼는 상실감은 분명히 존재할 것이었다.

2루타 한 방으로 살아난 분위기를 이어가겠다는 듯, 타석에 들어선 3번 루이즈의 눈빛이 매섭게 빛나고 있었다.

슈욱!

팡!

"볼!"

크게 빠지는 초구를 가볍게 흘려보낸 루이즈가 2구부터 매섭게 배트를 돌리기 시작했다.

따악! 따악! 따악!

"파울!"

"파울!"

"파울!"

2구는 우측 파울라인 바깥으로, 3구는 우측 파울라인 바깥쪽 펜스를 때리더니 4구는 기어코 높이 띄우는 모습을 보였다.

크게 뻗어 날아가는 타구에 리치의 심장이 철렁거리던 찰나, 폴대 우측으로 나가는 타구에 1루심의 양팔이 위로 들려지며 선언된 파울에 한숨을 돌리는 모습이 보였다.

마치 조금씩 타이밍을 잡아가는 듯한 그 모습에 모두가 불안한 시선으로 다음 공을 기다리고 있었다.

민우 역시 언제든지 튀어나갈 수 있게 준비하는 순간.

따아악!

홈 플레이트에서 터져 나온 호쾌한 타격음은 그라운드를 타고 빠르게 울려 퍼지며 민우의 귓가에까지 들려왔다.

'이건… 넘어갔어.'

오늘 민우의 귓가에 들려왔던 그 어떤 타격음보다 깨끗한 타격음에 민우의 시선이 하늘 높이 올라갔다.

머리 위로 회색빛의 라인이 쭉 이어져 펜스를 크게 넘어가는 모습이 보이고 있었고, 뒤이어 그 라인을 따라 빠른 속도로 머리 위를 지나가는 모습이 보였다.

펜스를 타고 올라서도 잡을 수 없을 듯한 높이였다.

민우는 자리에서 몇 걸음을 채 떼지 못하고는 그대로 멈춰 서고 말았다.

루이즈에게 불의의 투런 홈런을 얻어맞으며 스코어는 2 대

1, 홈 팀인 몽고메리에게 역전을 허용하고 말았다.

이후 잠시 투수 코치인 척이 마운드에 올랐지만, 곧 홀로 다시 마운드를 내려가는 모습이 보였다.

'이번 이닝은 마무리 짓겠다는 거겠지.'

홈런을 맞자마자 힘없이 내려가는 모습을 보였다면 동료들의 사기도 떨어졌을 것이다.

곧, 민우는 글러브를 주먹으로 두들기며 수비 자세를 취했다.

'이번 이닝만 막자. 힘내라, 리치.'

이후 리치는 다시금 마음을 다잡은 듯, 4번 애슐리를 중견수 플라이로 잡아내더니 5번 마툴라마저 좌익수 플라이로 잡아내며 추가 실점 없이 이닝을 마무리 지을 수 있었다.

더그아웃으로 돌아오니 리치는 더 이상 마운드에 오르지 않는다는 듯, 어깨에 아이싱을 하고 있었다.

선두 타자로 나서야 하기에 배트를 꺼내 들고 준비를 하던 민우는 리치의 표정이 좋지 못한 것을 보고는 그의 곁으로 다가가 가볍게 어깨를 두드려 주었다.

"리치, 뭘 그렇게 풀이 죽어 있어. 6이닝 2실점이라고. 잘했잖아."

민우의 위로에 리치가 피식 웃더니 가볍게 고개를 저었다.

"상대는 1실점이잖아. 이대로 경기가 끝나면 팀도 지고 나도 패전투수가 되는 거야. 개인 기록도 좋지만 결국은 팀이 우선이니까."

틀린 말은 아니었다.

아무리 6이닝 2실점. 퀄리티 스타트에 성공했다고 해도 팀이 패배를 기록한다면 그 의미도 퇴색되는 법이었다.

하지만 그렇다고 잘 던진 투수가 마냥 풀이 죽어 있는 것이 팀의 분위기에 좋은 것은 아니었다.

곧 민우가 무어라 말을 하려 했지만, 리치가 선수를 치며 말을 이었다.

"민우, 정 나를 위로해 주고 싶다면, 가서 홈런이라도 하나 날리고 와. 아! 내기를 할까? 너에게 뜯긴 랍스터를 되찾아 올 기회일지도 모르겠는데? 후후후."

애써 웃음을 지으며 장난을 거는 리치의 태도에 과거의 일이 떠오른 민우가 피식 웃어 보이고는 거만한 표정을 지어 보였다.

"그 말, 아마 후회할걸? 내가 크게 인심 써서 그 말을 무를 기회를 주지. 어때? 무를래?"

민우의 과장된 표정에 리치는 진심으로 웃음을 터뜨리고 말았다.

"픕, 됐어. 패배를 면하고 팀도 이긴다면, 그깟 랍스터가 대수겠어?"

"그래? 그럼 한 방 날리고 올 테니까 저금통 배나 가르고 있으라고."

민우는 그 말과 함께 잽싸게 더그아웃을 빠져나갔다.

그 뒷모습을 바라보던 리치의 뇌리에 돌연 민우의 강점이 떠올랐다.

'저 녀석, 분명 패스트볼에 엄청 강했지……'

거기다 랍스터의 비싼 가격에 민우의 위장도 그리 작은 편이 아니었다는 점이 이어서 떠올랐다.

아이싱을 하고 있음에도 식은땀을 흘리는 리치의 모습에 지나가던 트레이너가 걱정스러운 눈빛으로 그런 리치를 바라봤다.

민우가 타석에 들어서며 7회 초, 채터누가의 공격이 시작되었다.

포수인 애슐리는 배터 박스에 자리를 잡는 민우의 모습을 유심히 바라보고 있었다.

'첫 타석에선 운이 작용했던 거였지만, 두 번째 타석에서의 배트 컨트롤은 분명… 실력이었어. 한 점 차 리드인 상황에서 이 녀석에게 존 안쪽으로 들어가는 공을 줘서 위험을 감수할 필요는 없어. 특히 투심은 눈에 익어서 위험할지도 몰라.'

앞선 첫 타석에서 민우가 행운의 안타를 만들어낸 것도 투심이었고, 두 번째 타석에서 펜스를 직격하는 총알 같은 타구를 날려 보낸 것도 투심을 때려낸 것이었다.

'그렇다고 몸 쪽에 꽂아 넣을 수도 없어.'

애슐리의 미간이 가볍게 찌푸려졌다.

애슐리를 거슬리게 하는 것은 배터 박스에서의 민우의 위치였다.

배터 박스의 가장 앞쪽에, 홈 플레이트 쪽으로 가까이 붙는 민우의 특징은 맥기의 몸 쪽 투구를 상당히 제한하고 있었다.

비로 인해 경기가 상당히 지연된 것이 맥기에게도 영향을 미치고 있었다.

'영점을 잡질 못하고 있어. 몸 쪽으로 던진 공이 제대로 제구가 되지 않으면 몸에 맞거나, 스트라이크존 한가운데 꽂히거나, 둘 중 하나야.'

선택 폭이 너무나도 좁았다.

애슐리는 곧 결정을 내린 듯 다리 사이로 손을 넣고는 빠르게 움직이기 시작했다.

곧, 사인을 받은 맥기가 고개를 끄덕이고는 글러브를 가슴팍으로 끌어 올렸다.

그 모습에 민우가 배트를 다잡으며 언제든지 배트를 내밀 준비를 마쳤다.

곧 앞다리를 크게 끌어 올린 맥기가 스트라이드를 내디디며 공을 뿌렸다.

슈우욱!

맥기의 손을 떠난 공의 궤적은 민우의 몸을 향해 어깨 높이로 날아오고 있었다.

첫 타석에서 피했던 공과 비슷했지만 그 높이가 조금은 낮은 모습이었다.

'이건, 친다!'

판단과 동시에 민우의 두 눈이 빛나더니 타이밍을 맞춰 강하게 스트라이드를 내디뎠다.

동시에 쏜살같이 뒤따라 나온 배트가 홈 플레이트 앞쪽에서 맥기의 패스트볼을 강하게 걷어 올려 버렸다.

따아아악!

민우의 배트에서 아주 깨끗한 타격음이 터져 나와 민우의 귓가를 울렸다.

민우는 손끝에서 느껴지는 미약한 진동에 가볍게 미소를 지으며 빗방울을 가르며 우측으로 뻗어나가는 타구를 잠시 바라봤다.

'첫 타석에서의 그 공을 보지 못했다면 이 공에 어이없게 스트라이크를 내줬겠지.'

공을 뿌린 이후 보인 맥기의 아차 싶은 듯한 표정은 의도와 달리 공이 다른 곳으로 들어간 것을 의미하고 있는 듯했다.

민우는 배트를 손에서 놓으며 천천히 1루를 향해 달려 나가기 시작했다.

―초구! 쳤습니다! 잘 맞은 타구가 우측 펜스를 향해 쭉쭉 날아갑니다! 이 타구가 펜스를~ 넘어갑니다! 강민우 선수의 벼락같은 솔로 홈런! 행운의 2루타에 이은 안타 그리고 이번 에는 홈런까지! 사이클링 히트에서 3루타가 빠진 기록을 만들 어내는 강민우 선수입니다! 동시에 이 홈런으로 스코어 2 대 2 동점이 만들어집니다!

―와~ 정말 이 홈런은 정말 믿어지지가 않습니다. 몸 쪽으 로 완전히 꽉 찬 공이었는데요. 오른쪽 팔꿈치를 완벽히 몸에 붙인 채로 도저히 치지 못할 것 같았던 공을 기술적으로 퍼 올려서 홈런을 만들어냈습니다. 정말 대단합니다!

6회 말 역전의 기쁨도 잠시, 7회 초가 시작되자마자 벼락같 이 터진 초구 홈런에 몽고메리의 홈 팬들은 망연자실한 표정 으로 베이스를 돌고 있는 민우를 바라봤다.

빠르게 베이스를 돌던 민우는 3루를 지나며 채터누가의 더 그아웃에서 환호성을 내지르는 동료들을 바라봤다.

그리고 그 사이에서 어색한 미소를 짓고 있는 리치를 발견 하고는 손으로 무언가를 들어 뜯어 먹는 듯한 시늉을 보였다.

'랍스타!'

그 모습에 리치의 입술은 누가 잡아당긴 것처럼 어색하게 올라갔지만, 그 안색은 급격히 어두워지는 모습이 보였다.

진실을 모르는 선수들은 민우의 세레머니를 보고는 고개를 갸웃거렸다.

"저건 무슨 세레머니냐?"

"뭘 뜯어 먹는 것 같았는데?"

"오늘 민우가 홈런 기념으로 치킨을 쏜다는 말이 아닐까?"

"오오! 치킨!"

이후 맥기는 분노의 피칭을 보이며 채터누가의 후속 세 타자를 모두 삼진으로 돌려세웠지만, 이미 동점이 된 스코어를 되돌릴 수는 없었다.

이후 양 팀 모두 소득 없는 공방을 계속하며 2 대 2의 균형을 아슬아슬하게 유지하고 있었고, 9회 초, 채터누가의 정규 이닝 마지막 공격 기회가 다가왔다.

몽고메리는 9회 초, 마무리 투수인 고젠을 마운드에 올리는 강수를 뒀다.

우완 오버핸드 투수인 고젠은 93마일(149㎞)의 평범한 패스트볼을 가졌지만 몸을 비틀어서 손을 가리는 디셉션(숨김 동작)이 뛰어나 타자들이 타이밍을 맞추기에 꽤 까다로운 투수였다.

여기에 패스트볼과 비슷한 궤적으로 날아오다 옆으로 휘어지는 80마일 후반대의 커터, 그리고 패스트볼과 비슷한 궤적으로 날아오다 아래로 급격히 휘어지는 파워 커브를 이용해 타자들의 타이밍을 뺏는 능력이 일품인 투수이기도 했다.

이런 능력을 바탕으로 시즌 방어율은 1.65에 피안타율은 0.191에 불과했다.

9회 초, 3, 4, 5번으로 이어지는 채터누가의 강타선을 막아 내기 위함과 동시에 9회 말 몽고메리의 타순이 4, 5, 6번의 중심 타순에서 시작되기에 그런 판단을 내린 듯했다.

하지만 그 선택이 무색하게 오늘 고젠의 상태는 그리 좋지 못해 보였다.

슈우욱!

고젠의 손에서 공이 떠나는 순간, 스트라이드를 내디디며 타이밍을 맞추던 샌즈가 허리를 비트는 모습이 보였다.

빡!

"큭."

초구로 선택한 커터가 샌즈의 허리춤을 강하게 맞추고 만 것이다.

샌즈는 고통이 심한 듯, 이내 신경질적으로 배트를 내던지더니 마운드를 노려보며 천천히 1루를 향해 걸어 나갔다.

잠시 그런 샌즈를 바라보던 고젠이 먼저 시선을 돌려 로진 백을 매만지는 모습이 보였다.

민우는 타석으로 들어서는 스미스의 뒤를 이어 대기 타석으로 향하며 마운드 위의 고젠을 바라봤다.

'패스트볼과 커터의 제구는 꽤 괜찮고 몸에 맞추지 않는 성향이라고 했는데… 손에서 미끄러진 건가?'

고젠의 올 시즌 몸에 맞는 공은 단 하나뿐이었다.

8회에 들어 잠깐 그치는 듯 보이던 빗발이 다시금 추적추적 내리고 있었기에 충분히 그럴 수도 있겠다는 생각에 민우가 고개를 가볍게 끄덕였다.

고젠은 스미스를 상대로 3가지 구종을 모두 보여주며 볼카운트를 차곡차곡 채워 나가 어느새 2볼 2스트라이크를 만들어놓은 상태였다.

잠시 숨을 고르던 고젠이 포수의 사인에 고개를 끄덕이고는 특유의 디셉션과 함께 공을 뿌렸다.

슈우욱!

그런데 패스트볼의 궤적으로 날아오던 공이 홈 플레이트 앞에서 밋밋하게 떨어져 내리는 모습에 스미스의 허리가 곧장 돌아가기 시작했다.

따악!

스미스가 가볍게 퍼 올린 타구는 완만한 포물선을 그리며 유격수의 키를 살짝 넘어간 뒤, 외야에서 바운드되며 타구를 쫓아 내려오던 좌익수를 향해 천천히 굴러갔다.

그 모습에 1루 주자인 샌즈가 잽싸게 스타트를 끊었지만 너무나도 짧은 타구였고, 그 방향이 좌측으로 쏠린 나머지 2루에서 멈춰 설 수밖에 없었다.

타자 주자인 스미스 역시 1루에 가볍게 들어가는 모습을 보였다.

곧, 공을 잡은 좌익수가 2루에서 멈춰 선 샌즈와 1루에 서 있는 스미스를 번갈아 바라보고는 내야를 향해 가볍게 공을 던져 주었다.

노아웃에 주자 1, 2루 상황.

샌즈에 이어 스미스마저 출루에 성공하며 무사 주자 1, 2루 상황이 만들어졌다.

몽고메리의 홈 팬들은 실투에 이어 안타까지 얻어맞으며 득점권에 주자를 출루시키는 모습에 머리를 두 손으로 부여잡고 좌절한 표정을 짓고 있었다.

이어 천천히 타석으로 향하는 민우를 바라보더니 간절하게 두 손을 모으며 고젠을 바라보기 시작했다.

띠링!

[돌발 퀘스트 발동—위대한 타자를 향해 달려라!]

—사이클링 히트는 타자로서 달성할 수 있는 가장 위대한 기록입니다.

—대기록을 달성해 이름을 알릴 기회이며, 몽고메리의 추격 의지를 사그라뜨릴 수 있는 좋은 기회입니다.

—성공 시 영구적으로 파워 +1, 정확 +2, 주력 +3. 300포인트 지급.

—실패 시 일주일간 파워 −1, 정확 −2, 주력 −3. 하루 동안 근육통 발생.

―본 퀘스트는 발생 횟수에 제한이 없습니다.

갑작스러운 알림창에 타석으로 들어서던 민우의 눈이 휘둥 그렇게 떠졌다.

'퀘스트!'

혹시나 했는데 발동되는 퀘스트에 민우가 회심의 미소를 지어 보였다.

'이 퀘스트는 다른 퀘스트에 비해서 보상이 꽤나 높단 말이 지. 그렇다는 건……'

타석에 도착한 민우가 천천히 자리를 잡으며 고젠을 바라 봤다.

고젠은 연속된 실투로 2명의 주자를 출루시킨 것이 마음에 들지 않는 듯, 손에 들고 있던 로진백을 신경질적으로 내던지 고는 스트라이드를 내딛는 부분을 발로 거칠게 다지고 있었다.

'저 녀석의 제구가 흔들리고 있는 지금이 절호의 기회라는 뜻이지.'

최고의 기회였다.

만약 3루타를 때려내 사이클링 히트를 달성한다면 다시금 각종 미디어에 민우의 이름이 오르내릴 것은 당연한 일이었 다.

미디어에 민우가 니케가 아닌 미노즈의 배트를 들고, 아다 디스의 스파이크를 신고 있는 모습이 노출된다면 퍼거슨의 계획대로 니케를 압박하는데 최고의 카드가 될 것이 분명했다.

하지만 그건 최상의 시나리오를 가정한 것이었다.

'여기서 내가 3루타를 때려낸다는 보장은 없으니까.'

민우는 빠르게 잡생각을 지워내고는 투수를 상대하는 것에 집중하기 시작했다.

민우가 자세를 잡자 곧이어 고젠의 공이 날아들기 시작했다.

슈우욱!

팡!

"볼!"

고젠이 뿌린 파워 커브는 스트라이크존의 바깥쪽으로 크게 빠지며 볼이 되고 말았다.

포수는 요구한 위치와 완벽히 동떨어진 위치로 날아가는 공에 급히 점프를 하며 공을 잡아내는 모습을 보였다.

공이 크게 빠지자 고젠이 인상을 쓴 채, 자신의 손을 유니폼에 비비는 모습이 보였다.

그 모습에 민우는 고젠의 제구가 제대로 되지 않고 있다는 것을 확신했다.

'확실해. 분명 스트라이크존으로 들어오는 실투가 나온다.'

민우는 장갑을 다시금 조여 맨 뒤, 배트를 크게 한 번 휘두르고는 다시 타석에 자리를 잡았다.

이후 2구는 바깥에서 안쪽으로 휘어져 들어오는 커터로 2볼이, 3구는 크게 바운드되는 커브로 3볼이 채워졌다.

3볼 노 스트라이크.

계속해서 실투가 나오는 모습에 포수가 결국 마운드 위로 향하는 모습을 보였다.

잠시 뒤, 포수가 마운드를 내려오는 모습에 민우가 시선을 돌려 고젠을 바라봤다.

그리고 그 눈빛이 조금 전과는 달라진 것을 느끼고는 속으로 가볍게 미소를 지었다.

'보통 이런 경우엔 한가운데로 던지라고 하지. 한 번 노려볼까.'

민우가 배트를 쥔 손에 적당한 힘을 더하며 긴장을 풀기 위해 허리를 이리저리 흔들어 보였다.

그 모습에 포수가 잠시 민우에게 시선을 주었지만, 이내 신경을 끄고는 미트를 앞으로 내밀어 보였다.

이윽고 글러브를 들어 올린 고젠이 세트 포지션으로 빠르게 공을 뿌렸다.

슈우우욱!

고젠의 손에서 공이 떠남과 동시에, 민우의 입가가 가볍게 말려 올라갔다.

곧, 민우가 강하게 스트라이드를 내디디며 체중을 이동시킴과 동시에 곧장 매섭게 허리를 내돌리며 공을 쪼개 버릴 듯한 기세로 배트를 휘둘렀다.

따아악!

민우의 배트가 호쾌한 타격음을 내뱉으며 타구를 총알처럼 쏘아냈다.

타타타탓!

민우는 타격과 함께 배트를 내던지고는 곧장 스퍼트를 끊었다.

─주자는 2루와 1루. 타석에는 강민우! 4구! 쳤습니다! 잘 맞은 타구가 우익수와 중견수 사이를 가르며 데굴데굴 굴러갑니다! 2루 주자가 3루를 지나 홈으로! 1루 주자도 홈으로! 강민우 선수는 뜁니다! 계속 뜁니다! 아직도 뜁니다!

발밑으로 느껴지는 그라운드의 느낌은 그리 좋지 않지만 민우는 귓가를 날카롭게 스치는 바람 소리가 매섭게 느껴질 정도로 있는 힘껏 달리고 있었다.

타구는 우중간 가장 깊은 곳까지 굴러간 뒤에야 멈춰 섰고 뒤늦게 펜스에 도착한 중견수가 맨손으로 공을 집어 들고는 내야를 향해 강하게 뿌리는 모습이 보였다.

하지만 그사이 민우는 2루를 돌아 이미 3루를 향해 달려가는 중이었다.

민우는 3루수가 멍하니 외야를 바라보고 있는 모습과 3루 코치가 양손을 들어 보이는 모습에 여유 있게 3루 베이스를 선 채로 밟은 뒤, 주먹을 불끈 쥐어 들어 보였다.

"예에에!"

민우에게 다가온 3루 코치가 그 엉덩이를 강하게 두드려 주며 미소를 날렸다.

"잘했다. 사이클링 히트야!"

동시에 3루 측 더그아웃 위쪽에 자리를 잡고 있던 수백의 채터누가의 팬들이 민우를 향해 거칠게 환호성을 보내고 있었다.

"와아아아!!"

"대박!! 역시 강이다!!"

"언빌리버블!!"

"미쳤어! 사이클링 히트라고!"

—여유 있게 3루 베이스를 밟는 강민우 선수! 매서운 타격과 빠른 발의 조화가 2타점 역전 적시 3루타를 만들어냄과 동시에 사이클링 히트를 기록합니다!!

—와~ 정말 대단합니다! 8경기 연속 홈런에 이은 사이클링 히트라니요! 그 어떤 찬사가 필요하겠습니까! 이 타자에게 더블A는 너무나 좁습니다! 강민우 선수는 자신이 메이저리그에 올라갈 재목이라는 것을 스스로 증명하고 있습니다!

—하하! 강민우 선수가 저희의 이야기를 들었을 때 과연 어떤 반응을 보일지 궁금하군요. 강민우 선수의 적시타로 스코

어는 2 대 4로 채터누가가 다시 역전에 성공합니다!

띠링!

[돌발 퀘스트—위대한 타자를 향해 달려라! 결과.]

ㅡ사이클링 히트를 달성했습니다.

ㅡ대기록을 달성해 더블A의 역사에 이름 석 자를 남겼습니다.

ㅡ몽고메리의 추격 의지를 사그라뜨렸습니다.

ㅡ퀘스트 성공 보상으로 영구적으로 파워 +1, 정확 +2, 주력 +3이 상승합니다. 300포인트가 지급됩니다.

ㅡ동일 퀘스트를 2연속으로 성공했습니다. 연속 성공 보상으로 추가적으로 300포인트가 지급됩니다.

3루에서 팬들의 환호성을 배경음으로 퀘스트 보상을 확인한 민우의 입가에 진한 미소가 피어올랐다.

'연속 성공 포인트까지!'

더그아웃에서 그런 민우를 바라보는 코치진과 동료들의 표정은 누구 하나 가릴 것 없이 환한 미소로 뒤덮여 있었다.

이후, 페레즈의 안타로 민우가 홈을 밟으며 한 점을 더 추가해 승부에 쐐기를 박았다.

채터누가는 9회 말, 마무리 투수인 젠슨을 올렸고, 젠슨은 삼진 3개로 이닝을 완벽하게 매조지며 채터누가의 연승을 지켜냈다.

민우는 4타석 4타수 4안타(1홈런) 3타점 3득점을 기록함과 동시에 하이 싱글A에 이어 더블A에서도 사이클링 히트라는 대기록을 달성하며 자신의 존재감을 다시 한 번 만천하에 알리는 모습이었다.

이날 경기에서의 대활약으로 시즌 타율은 0.577로 소폭 상승하며 탈 마이너리그의 모습을 계속해서 이어갔다.

＊　　　＊　　　＊

사무실 안쪽에 자리한 업무용 책상 위로 서류 가방 하나가 덩그러니 놓여 있었고, 그 위로 두툼한 손이 깍지를 끼고 있는 모습이 보였다.

그 손을 따라 올라간 곳에는 2 대 8 가르마의 단정한 포마드 헤어스타일에 정장 차림을 한 남성이 의자에 앉은 채 허탈한 미소를 보이며 모니터를 바라보고 있었다.

모니터 화면에는 스포츠 뉴스 페이지가 띄워져 있었는데, 메인 뉴스엔 큼지막하게 민우의 사진이 걸려 있었다.

〈채터누가의 히어로! 킹캉(King Kang) 강민우, 사이클링 히트 대기록 달성하다. 개인 통산 2번째 기록.〉

〈그의 질주는 어디까지인가. 기록 제조기 강(KANG), 이번에는 사이클링 히트를 만들어내다.)

　마치 짜고 친 것처럼, 어떤 뉴스를 보아도 민우가 아다디스의 스파이크를 신고 미노즈의 배트를 쥔 사진이 걸려 있었다.
　그리고 그 뉴스의 하단에 달린 댓글 란에는 다양한 댓글이 달려 있었는데, 꽤 많은 이가 민우의 새로운 장구에 관심을 보이고 있었다.

　―와~ 사이클링 히트라니. 스파이크랑 배트 바꾼 게 좋긴 좋나본데?
　―강민우 아다디스 스파이크 어떤 제품인지 아는 사람 있음?
　―배트는 미노즈의 클래식 모델 같은데, 스파이크는 좀 더 찾아봐야 할 것 같다.
　―오~ 저거 내가 쓰고 있는 거임. 아다디스 포인트 제로…….

　댓글을 확인하던 빌리는 곧 컴퓨터를 조작하더니 이날 경기의 하이라이트 영상을 찾아 재생했다.
　곧 빌리는 배트를 휘두르고 빠르게 달려 나가는 민우의 모습에 이어 그가 신고 있는 스파이크를 확인하고는 고개를 절레절레 저으며 의자에 등을 푹 기대었다.

끼이익!

의자가 기울어지며 내지르는 소리는 마치 빌리를 대신해 비명을 질러주는 듯한 느낌이었다.

"하하. 설마 했는데 이런 식으로 나올 줄이야. 거기다 마치 짠 것처럼 사이클링 히트를 만들어 내다니…… 이거 제대로 한 방 먹었군."

빌리의 머리가 복잡하게 돌아가기 시작했다.

10분 전, 퇴근을 준비하고 있을 때까지만 하더라도 이런 결과가 나올 거라곤 상상조차 하지 못한 빌리였다.

하지만 키폰이 울리며, 비서가 전해주는 말에 다급히 컴퓨터를 켜고 뉴스를 확인한 것이었다.

퍼거슨이 다녀간 것은 겨우 이틀 전이었다.

단 이틀 만에 민우의 장구에서 니케의 제품을 흔적도 없이 사라지게 만든 것은 퍼거슨의 작품일 수밖에 없었다.

버티면 버틸수록 니케에게 좋을 게 없는 것같이 느껴졌다.

자신들의 제품을 사용한 민우의 모습에 아다디스와 미노즈도 움직임을 보일 확률이 높았다.

특히 퍼거슨이 흘리듯 뱉었던 마지막 말이 꽤나 신경이 쓰였다.

'아다디스와도 협상을 하고 있다는 뜻인가, 아니면 만날 예정이라는 건가. 후우.'

아다디스는 과거 니케의 스포츠 브랜드 1위 자리를 위협했고, 현재도 그 자리를 꾸준히 위협하고 있는 경쟁 브랜드였다.

거기에 아디다스뿐 아니라 언더 아머도 호시탐탐 가치 있는 선수들을 노리고 있었기에 빌리의 머리를 지끈거리게 하고 있었다.

'만약 강민우가 다른 회사와 계약을 맺은 뒤에 대성공을 거 둔다면…… 제2의 조던이 될지도 모를 일이다.'

과거, 수익 악화로 고생하던 니케는 NBA 무대에서 검증되지 않은 조던이라는 슈퍼 루키에게 당시로선 파격적인 연간 50만 달러의 조건으로 계약을 맺었었다.

그리고 조던은 니케의 기대에 걸맞은 엄청난 활약을 보이며 NBA 최고의 스타로 발돋움하는 모습을 보였다.

그 해에 그 이름을 따서 만든 농구화인 에어 조던의 성공으로 투자금의 수백 배인 1억 달러의 매출을 올릴 수 있었고, 스포츠 브랜드 1위 자리를 위협받던 니케는 왕좌를 굳건히 다질 수 있었다.

하지만 그런 조던은 니케보다는 아디다스와 컨버스를 선호해 그들과 계약을 추진했다는 사실을 아는 이는 그리 많지 않았다.

만약 아디다스와 컨버스가 헐값의 계약을 제시하지 않았다면 니케는 지금쯤 세상에 없는 회사가 되었을지도 모를 일이었다.

'조던과 강민우를 비교한다는 것 자체가 어불성설이지만,

비슷한 사례라는 것은 부정할 수가 없다.'

민우 역시 기존에 마이너리그를 거쳐 간 그 어떤 선수도 기록하지 못한 수많은 기록을 하나하나 세우고 있었고, 현재 마이너리그에서 가장 핫한 아이콘이기도 했다.

퍼거슨의 말에는 민우가 당장 9월부터 메이저리그에 합류한다는 뉘앙스가 풍기고 있었다.

민우의 현재 성적으로 볼 때, 승격이 되지 않는 것이 오히려 이상할 정도이기도 했다.

하지만 그렇다고 메이저리그에 연착륙을 한다는 보장은 없었다.

빌리는 마이너리그에서는 맹활약을 하다가 메이저리그의 문턱에서 번번이 주저앉는 선수들을 여럿 보아왔다.

혹자는 그런 선수들을 메이저리그와 마이너리그 트리플A사이의 선수라는 의미로 '쿼드러플A(AAAA)' 선수라고 말했다.

민우라고 그러지 말라는 법은 없다는 생각도 있었다.

이런 다양한 변수와 상황을 계산하고 판단하기에 이틀이라는 시간은 너무나도 짧았다.

하지만 오늘의 경기를 본 이상 더는 지체하기가 어려웠다.

'이 제안을 받아준다면… 해볼 만한 도박이야.'

결심을 내린 빌리가 곧장 키폰을 눌렀다.

삑!

"지금 바로 에이전트 퍼거슨에게 연결해 주세요."

"예, 알겠습니다."

빌리의 요구에 곧장 비서의 대답이 들려왔다.

삑!

키폰에서 손을 뗀 빌리가 잠시 숨을 돌리려는 찰나.

띠리링!

키폰이 울리는 소리가 들려왔다.

삑!

"예."

"연결됐습니다."

비서가 퍼거슨과의 전화가 연결되었음을 알렸다.

"후우."

곧, 크게 숨을 내쉰 빌리가 수화기를 들어 올리며 환한 미
소를 지어 보였다.

"미스 퍼거슨, 반갑습니다. 빌리입니다."

빌리는 마치 원래 그런 목소리였다는 듯, 꽤나 밝은 톤의 목
소리로 퍼거슨에게 인사를 건네고 있었다.

곧, 수화기 너머에서 퍼거슨의 여유있는 목소리가 들려왔
다.

―예, 빌리. 이틀만이군요?

마치 연락이 올 줄 알았다는 듯한 그 목소리에 빌리의 얼굴
이 잠시 일그러졌다가 펴지는 모습이 보였다.

퍼거슨과 빌리 사이에서 민우의 후원 계약 조건에 대한 2차

협상이 시작되려 하고 있었다.

                    *   *   *

　쾌조의 사이클링 히트 이후, 채터누가의 행보는 거침이 없었다.

　몽고메리와의 남은 4연전에서 2승 2패로 시리즈 전적 3승 2패의 기록을 거두며 홈으로 돌아왔다.

　이후 홈에서 치러진 모바일과의 3연전을 2승 1패로 위닝시리즈를, 잭슨빌과의 홈 4연전 중 3차전까지 3전 3승을 기록하며 스윕을 눈앞에 두고 있었다.

　이 기간 치러진 10경기에서 채터누가는 7승 3패를 기록하며 1위 자리를 더욱 굳건히 하고 남은 경기에서 전패를 하지 않는 한 후반기 1위는 거의 확정적이었다.

　채터누가의 승리의 선봉장으로 팀의 공격을 앞뒤로 이끈 민우의 기록은 여전히 그 어떤 선수보다도 압도적이었다.

　민우는 10경기에서 총 44타석에 들어서 40타수 20안타(5홈런) 12타점 8득점 5도루 4볼넷에 타율은 정확히 5할을 기록하며 여전히 5할 이상의 타율을 기록하는 위엄을 보이고 있었다.

　특히 이 기간 5개의 홈런을 더하며 시즌 홈런 개수는 무려 28개까지 늘어나게 되었고, 더블A 시즌 30홈런 고지에 단 2개만을 남겨둔 상태였다.

민우가 더블A 시즌의 전반기 막판 승격을 한 선수라는 점을 감안했을 때, 이런 기록은 다른 마이너리그 선수들에게는 넘을 수 없는 벽과도 같은 기록이었다.

시즌 종료까지 단 8경기를 남겨둔 상태였기에 민우가 만약 메이저리그로 승격되지 않는다면 30홈런 고지는 무난히 돌파할 것으로 보였다.

하지만 같은 서던 리그에서 뛰는 선수들의 대부분은 민우의 이런 맹활약에 민우가 이틀 앞으로 다가온 9월, 40인 로스터 확장 때 메이저리그로 승격할 것이라는 추측을 하고 있었다.

그리고 이는 채터누가의 동료들도 같은 생각이었다.

동료들은 타 팀 선수들의 막연한 추측보다 더 구체적인 이유로 그런 생각을 하고 있었는데, 가장 큰 이유는 다저스의 주전 중견수인 켐프의 부진 소식 때문이었다.

시즌 초부터 시작된 켐프의 부진은 그 끝을 모르고 계속되고 있었고, 8월에 들어선 뒤, 한 달 동안 5개의 홈런, 0.228의 타율, 0.298의 출루율을 기록하며 그 부진의 정점을 찍고 있었다.

여기에 좌익수를 맡은 매니는 노쇠화와 부상으로 허덕이며 라인업에서 제외되는 일이 잦았고 결국 웨이버 공시로 다저스를 떠나게 되었다.

매니의 빈자리는 기존의 백업 외야수인 존슨과 함께, 트리플A에서 0.347의 타율에 19홈런을 기록한 기븐스를 승격시키며 임시로 메운 상태였다.

하지만 기대와 달리 기븐스는 시즌 5개의 홈런에 0.280의 타율을 기록하며 기대에 부응하지 못하는 모습을 보이고 있었다.

외야수 중 그나마 믿음직스러운 모습을 보이던 우익수 이디어마저 5월 이후 부진에 부진을 거듭하다 8월에 들어서야 겨우 타격감을 회복하며 부진에서 탈출하는 모습을 보이고 있었다.

한마디로 다저스의 외야진은 주전, 백업 가릴 것 없이 총체적 난국인 상황이었고, 이들의 부진으로 인해 타선의 짜임새와 파괴력, 그리고 수비력까지 모두 지난 시즌의 모습을 찾아볼 수 없을 정도로 엉망인 상태였다.

그 결과 8월 28일, 다저스는 시즌 종료까지 32경기를 남겨둔 상태에서 선두인 샌디에이고 파드리스에 무려 10경기가 뒤진 리그 4위에 자리하고 있었다.

이런 상황임에도 다저스는 플레이오프 진출이라는 희망의 끈을 놓지 않고 있었다.

그렇기에 다저스에게 절실한 것은 외야의 구멍을 메우고, 타격에 힘을 실어줄 외야수의 존재였고, 현재 다저스 팜에서 그런 요구 조건에 부합하는 선수는 오직 민우뿐이라는 점이었다.

8월 29일 일요일, 채터누가의 홈구장인 AT&T 필드.

햇살이 내리쬐는 그라운드에는 이곳저곳에 선수들이 흩어져 공격과 수비 훈련을 병행하고 있었다.

잭슨빌과의 4차전은 낮 1시 경기로 예정이 되어 있었기에 평소 늦잠을 자던 선수들도 오늘만큼은 노곤한 몸을 일으켜 아침부터 훈련에 열중인 모습이었다.

그리고 그들 사이에서 민우는 타격 훈련 조에 자리를 잡고 있었다.

민우는 배팅케이지의 바깥에서 자신의 차례를 기다리고 있었다.

그리고 민우가 서 있는 곳에서 몇 걸음 떨어진 곳엔 자신들의 차례를 끝내고 잠시 휴식을 취하고 있던 램보와 샌즈가 민우를 바라보며 무언가를 속닥거리고 있었다.

"민우가 9월에 메이저리그로 올라간다는 게 사실일까?"

샌즈의 조심스러운 목소리에 램보가 양 손바닥을 하늘로 향하게 한 채 어깨를 으쓱였다.

"글쎄. 내가 감독이었다면 바로 콜 업을 시켰겠지만, 난 감독이 아니니까. 모르지."

"쯧쯧쯧."

대화를 나누던 램보와 샌즈는 옆에서 들려오는 혀를 차는 소리에 동시에 고개를 돌려 보았다.

그리고 그런 둘의 모습을 한심하다는 듯 바라보며 검지를 들어 흔들고 있는 고든의 모습에 아이러니한 표정을 짓고 있었다.

"고든? 그 한심하다는 듯한 그 표정은 뭐냐?"

샌즈의 물음에 고든이 기다렸다는 듯, 천천히 샌즈의 어깨에 팔을 감으며 야릇한 미소를 지어 보였다.

"샌즈, 그렇게 정보가 늦어서야 어쩌겠다는 거야. 이 고든 님은 이미 모든 걸 알고 있다고."

"뭐? 뭘 알고 있다고?"

고든의 입에서 나온 말에 램보와 샌즈가 두 눈을 크게 떴다.

그 모습에 고든은 무엇이 웃긴지 피식 웃어 보였다.

"풉, 궁금해?"

고든의 물음에 샌즈와 램보가 동시에 고개를 빠르게 끄덕였다.

"당연히 궁금하지!"

"만약 민우가 빠지면 우리 팀은 디비전 파이널에서부터 고전할 게 분명하잖아. 궁금하지 않을 수가 없지."

그 모습에 고든의 미소에 음흉함이 피어올랐다.

"흠흠. 그렇단 말이지. 사실 이런 정보에 빠삭한 믿을 만한 소식통이 있거든. 그런데 그 녀석이 너희들이 관심을 가지고 있는 의문을 해결할 열쇠를 나에게 줬거든. 흠……. 이걸 공짜로 말해줘야 되나?"

고든의 말에 샌즈와 램보의 눈이 다시 한 번 크게 떠지며 얼굴에 조급한 표정이 떠오르기 시작했다.

"뭐야? 뭔데? 간데? 올라가는 거야?"

"뜸들이지 말고 빨리 얘기해 봐."

고든은 적당히 안달이 났다고 판단했는지 입꼬리를 더욱 말아 올리더니 샌즈에게로 시선을 돌렸다.

그리고 그 시선을 받은 샌즈가 기대에 찬 눈빛으로 고든을 바라봤다.

하지만 고든의 입에서 나오는 말에 곧 샌즈의 눈빛이 허탈하게 변해갔다.

"자자, 샌즈. 진실이 알고 싶다면 나에게도 어여쁜 여자 친구를 소개해 달라고. 아니면 절대로 알려줄 수 없어."

고든의 입에서 나온 전혀 엉뚱한 소리에 샌즈에 이어 램보도 황당하다는 듯, 고개를 절레절레 저었다.

"야, 그냥 가. 필요 없어. 훠이훠이~"

"어차피 내일 모레면 9월이야. 그것도 못 참을 것 같냐?"

의기양양한 표정으로 샌즈를 바라보고 있던 고든은 예상과는 전혀 다른 반응이 나오자 '어어' 하는 표정을 지으며 곧장 말을 잇지 못하고 있었다.

"아~ 아쉽네. 조만간에 내가 참한 여자 한 명 소개해 주려고 했는데, 내가 생각을 잘못했네, 잘못했어. 그렇지, 고든?"

그리고 그런 고든에게 쐐기를 박는 샌즈의 말에 고든이 곧장 샌즈를 향해 무릎을 꿇었다.

"잘못했습니다, 형님. 진실만을 말할 것을 맹세합니다!"

그 모습에 램보가 샌즈를 신기하다는 듯이 바라봤다.

'이 상황을 역이용한 거야?'

샌즈는 램보의 눈빛에 가볍게 미소를 지으며 고든의 머리에 손을 척 올렸다.

"그래? 뭐, 그렇다면야, 어디 한 번 들어나 보자."

샌즈의 말에 고든이 빠르게 고개를 끄덕이고는 곧장 자신이 아는 모든 이야기를 쏟아내기 시작했다.

그리고 고든의 이야기가 모두 끝났을 때, 샌즈와 램보의 표정은 놀라움과 아쉬움, 그리고 부러움으로 복잡하게 엉켜 있었다.

"그러니까, 정확하게는 오늘 경기가 마지막이라 이 말이지?"

샌즈의 물음에 고든이 고개를 끄덕였다.

"그래. 이미 민우의 LA행 비행기 표도 진즉에 끊어 놓은 상태래. 내일 아침이면 민우는 메이저리그로 떠난다는 말이지. 이별이라고. 이별!"

고든이 재차 사실을 확인시켜 주자 샌즈와 램보는 허탈한 표정으로 민우를 바라봤다.

배팅케이지에 들어선 채, 외야로 큼지막한 타구를 뻥뻥 날려 보내고 있는 민우의 뒷모습이 유독 거대해 보였다.

그런 민우가 채터누가를 떠난다는 생각에 아쉬움이라는 감정이 더욱 커져갔다.

'저 녀석이 떠나면… 외야 센터라인은 누가 책임지는 거지?'

민우가 빠진 자리를 상상하니, 얼마 전까지 민우의 부상으로 허덕이던 팀의 모습이 떠올라 절로 고개가 가로저어졌다.

잠시 민우의 뒷모습을 바라보던 샌즈가 돌연 고개를 돌려 궁금하다는 표정으로 고든을 바라봤다.

"그런데 그 믿을 만한 소식통은 도대체 누구야?"

"응. 신뢰도 높은 찌라시."

따악!

빡!

순간 배팅케이지에서 배트가 내뱉는 타격음과 동시에 무언가 쪼개지는 듯한 소리가 동시에 들려왔다.

그와 동시에 고든이 머리를 부여잡으며 비명을 내질렀다.

"악!"

하지만 주변에 있던 선수들은 미처 그 소리를 듣지 못한 듯, 멀리 뻗어나가는 타구를 따라 시선을 돌리고 있었다.

그리고 고든의 앞에 선 샌즈가 주먹을 쥔 채 부들부들 떨고 있었다.

"어휴. 이 녀석을 믿은 내가 바보지."

"왜 때려! 진짜라고! 이 녀석의 찌라시는 틀린 적이 거의 없다니까?"

곧 고든이 발끈한 얼굴로 샌즈를 바라봤지만, 샌즈의 눈빛이 서슬 퍼렇게 바뀌어가는 모습에 입을 꼭 다물고 말았다.

하지만, 고든의 말이 사실로 바뀌는 것은 그리 오래 걸리지 않았다.

*   *   *

채터누가는 잭슨빌과의 홈 4차전마저 승리로 가져가며 스윕을 달성하는 쾌거를 이루어냈다.

이날 경기에서 민우는 5타석 4타수 3안타(1홈런) 3타점 3득점 1볼넷으로 맹활약하며 홈 팬들의 격한 환호를 받았다.

'왜들 저렇게 쳐다보고 있는 거지?'

샤워를 마치고 라커룸에서 장구를 정비하고 있던 민우는 몇 걸음 떨어진 곳에서 자신을 뚫어져라 바라보는 고든과 샌즈를 발견하고는 고개를 갸웃거렸다.

민우가 바라보자 급히 고개를 돌려 딴청을 피우는 모습은 민우에게 의아함을 안겨주었다.

'뭐 나한테 할 말이라도 있는 건가?'

평소라면 민우의 곁에 붙어서 수다를 떨고 있어야 할 두 사람이 멀찍이 떨어져 있는 것이 이상하기도 했다.

하지만 무슨 용건이 있다면 알아서 찾아오겠지 하는 생각

을 가진 민우는 다시금 장비를 정비하기 시작했고, 곧 숙소로
향했다.

숙소로 돌아온 민우는 책상에 놓아뒀던 스마트폰이 반짝거
리는 것을 발견했다.
민우는 직감적으로 퍼거슨에게서 온 연락이라는 느낌을 받
았다.
'딱히 연락이 올 곳이 없으니까.'
그리고 곧 휴대폰에 도착한 메시지의 발신인을 확인하고는
역시나 하는 표정으로 고개를 끄덕였다.

─한나 퍼거슨: 강민우 선수. 좋은 소식이 두 가지가 있습니다.
메시지를 확인하면 연락주시기 바랍니다.

'결판이 난건가?'
민우는 퍼거슨이 니케와의 협상 뒤, 니케의 물품을 사용하
지 말라고 한 이후, 계속해서 아이템에 미노즈와 아다디스의
상표를 달고 경기에 임하고 있었다.
좋은 소식이라는 이야기에 민우의 뇌리에 곧장 니케와의 줄
다리기에서 퍼거슨이 우위를 점했으리라는 생각이 들었다.
'그런데 두 가지라면…… 니케 말고 나머지 하나는 뭐지?'
민우의 머리에 여러 가지 가정이 스쳐 지나가기 시작했다.

'니케와의 계약에 무언가 덤으로 얻은 게 있나? 아니면 니케 이외의 새로운 계약도 맺은 건가?'

그리고 마지막으로 민우가 가장 꿈꾸던 가정이 떠올랐다.

'아니면…… 설마, 승격인가?'

민우는 계약서상의 승격 조건을 다시금 떠올리고는 자신의 성적에 대입하여 계산을 하기 시작했다.

'분명 타율 0.370, 출루율 0.420에 경기당 홈런 0.3개가 조건이었지.'

하지만 곧 어렵게 계산을 할 필요도 없다는 것을 깨달았다.

'37경기 동안 타율 0.554에 28홈런이라니……. 나도 참 괴물같이 때려냈구나.'

타율로 인해 출루율은 자동으로 성립이 되었고, 홈런도 경기당 0.75개라는 어마어마한 수치를 보이고 있다는 사실에 민우는 새삼 놀라운 표정을 짓고 있었다.

그리고 메이저리그가 바로 코앞이라는 사실에 입가에 절로 미소가 지어졌다.

하지만 곧 아직 정해진 것이 아무것도 없다는 것을 깨닫고는 빠르게 고개를 저었다.

'확실한 건 퍼거슨이 알려주겠지. 퍼거슨의 입으로 듣고 나서 기뻐해도 늦지 않아.'

곧 민우는 퍼거슨의 번호로 전화를 걸었다.

귓가에 두어 번의 신호음이 들려온 뒤, 곧 수화기 너머로 퍼거슨의 단아한 목소리가 들려왔다.

—예, 한나 퍼거슨입니다.

그 목소리에 민우의 입꼬리가 자연스럽게 말려 올라갔다.

"예, 강민우입니다. 메시지를 확인하고 곧장 연락을 드렸습니다."

민우의 목소리엔 자못 기대감이 드러나고 있었다.

수화기 너머의 퍼거슨은 그런 민우의 목소리에 뿌듯한 기분을 느끼고 있었다.

자신이 가져온 결과물을 들었을 때, 민우가 어떤 표정을 지을지 기대가 됐다.

—니케와의 계약은 조율을 마쳤어요. 강민우 선수가 확인하고 사인만 하면 그 효력이 발휘되는 거죠. 그래서 자세한 내용은 만나서 이야기하는 게 좋을 것 같은데, 지금 나올 수 있나요?

퍼거슨의 물음에 민우는 이해가 되지 않는다는 듯, 어리둥절한 표정을 지었다.

"만난다고요? 여기서 LA까지는 몇 시간은 떨어져 있는데요?"

민우의 물음에 퍼거슨이 가볍게 웃음을 지었다.

—후훗. 걱정하지 마세요. 지금 AT&T 필드에 거의 도착했으니까요.

"예? 채터누가로 오셨다는 건가요?"

민우의 놀라움이 가득한 물음에 퍼거슨이 가볍게 대답했다.

—네, 맞아요. 이제 주차장에 들어섰고요. 곧장 날아오느라 연락을 드리지 못한 점은 사과드릴게요.

퍼거슨의 사과에 민우가 무어라 말하려는 찰나.

빵빵!

숙소 바깥쪽에서 자동차의 클랙슨 소리가 미약하게 들려와 민우의 귓가를 울렸다.

—들리죠?

"아, 네. 지금 바로 내려갈게요."

대답과 함께 민우가 겉옷을 걸쳐 입고는 빠르게 숙소를 빠져나갔다.

'응? 민우가 어디가는거지?'

1층에 자리한 다용도실에서 나오던 샌즈는 민우가 헐레벌떡 뛰어나가는 모습을 보고는 고개를 갸웃거렸다.

그러고는 창밖으로 민우가 달려가는 방향으로 시선을 보내다가 이내 두 눈을 크게 떴다.

'여자!?'

민우가 달려간 방향에는 금발의 머리를 가볍게 말아 올린 미모의 여성이 있었고, 곧 그 둘이 나란히 걸어 자리를 옮기는 모습이 보이고 있었다.

'뭐? 여자 친구는 메이저리그에 올라가면 사귄다더니, 저런 미녀를 숨기고 있었어? 이런 영악한 자식!'

샌즈의 놀란 표정은 곧 음흉한 표정으로 바뀌어갔다.

*　　　*　　　*

딸랑!

민우와 퍼거슨은 경기장에서 5분이 채 걸리지 않는 곳에 위치한 커피숍으로 향했다.

문에 달려 있던 종이 가볍게 울리자 머리가 하얗게 샌 주인의 고개가 입구로 돌아갔다.

그리고 곧 가게에 들어온 것이 민우임을 확인하고는 두 눈을 크게 뜨더니 이내 환한 미소를 지어 보였다.

"오! 민우! 채터누가의 영웅이 우리 카페에 오다니!"

민우는 자신을 알아보는 카페의 주인에게 어색하게 웃어 보였고, 주인이 들고 온 자신의 유니폼에 사인을 하나 더해주었다.

다행인지 작은 카페 안에는 손님이 하나도 없던 상태라 추가로 사인 요청을 받을 일은 없었다.

사인이 담긴 유니폼을 받아 든 주인은 기쁜 표정을 짓고 있다가, 곧 민우의 뒤쪽에 선 퍼거슨을 발견하고는 의미심장한 미소를 지어 보였다.

"뒤쪽에 아름다운 레이디는 누구야? 애인?"

'애인?'

민우는 주인의 말에 잠시 퍼거슨이 애인이었다면 어땠을까 하는 생각을 하다가 퍼뜩 정신을 차리고는 고개를 저었다.

"아뇨. 애인은 아닙니다."

민우의 부정에도 미소를 지우지 않던 주인이 이내 민우의 어깨를 가볍게 두드리며 몸을 돌렸다.

"애써 부정하지 않아도 돼~ 후후."

민우는 그런 주인의 반응에 어색한 웃음을 지으며 퍼거슨을 바라봤다.

퍼거슨은 그런 주인과 민우의 모습에 가볍게 미소를 지어 보일 뿐이었다.

카페 구석에 자리한 테이블을 사이에 두고 민우와 퍼거슨이 마주 앉아 있었다.

퍼거슨은 자리에 앉자마자 뜸들이지 않고 곧장 민우에게 자신이 가져온 결과물을 털어놓기 시작했다.

"계약 조건은 조금 복잡하긴 한데, 다저스와의 계약에서 옵션이 많이 붙었던 것, 기억하시죠?"

퍼거슨의 옵션이라는 말에 민우가 미소를 지은 채 가볍게 고개를 끄덕거렸다.

"신인왕이니 타격왕이니 붙었던 것 말씀이시죠?"

"네, 맞아요. 이번 니케와의 계약에서 아주 조금 양보하는 대신, 옵션을 많이 얻어냈어요. 지금부터 니케와의 계약 조건을 설명해드릴게요."

퍼거슨은 펜을 들고 계약서를 가리키며 차근차근 설명해 주기 시작했다.

그리고 계약 내용을 하나하나 확인할 때마다, 민우의 표정이 놀라움으로 물들어갔다.

〈니케 후원 계약.〉

ㅡ협찬 품목: 스파이크, 야구장갑, 글러브, 야구배트, 보호대……. 총 5만 달러(한화 약 5,750만 원).

ㅡ협찬 품목 외 연간 계약금 35만 달러(한화 약 4억 250만 원).

ㅡ협찬 기간: 2010년 8월~2015년 7월, 총 5년.

ㅡ합의 사항

1. 경기 출전 시 '니케'에서 지원하는 품목을 사용. 회사 로고 표기.

2. 계약 기간 동안 타사 제품 사용 금지(추후 협의 가능).

3. 광고 모델 이용 동의.

ㅡ옵션 사항

1. 올스타 선정: 10만 달러.

2. 타격왕: 10만 달러.

3. 타점왕: 10만 달러.

4. 홈런왕: 25만 달러.

5. 실버 슬러거: 20만 달러.

6. 골드 글러브: 20만 달러.

7. 신인왕: 15만 달러.

8. 리그 MVP: 25만 달러.

—해제

1. '니케'의 부득이한 사정으로 지원을 할 수 없는 경우 계약을 해제할 수 있다.

2. '강민우'의 모델 가치가 계약 당시보다 현저하게 떨어질 경우 '니케'는 계약을 해지할 수 있다.

3. 1년 이내에 메이저리그로 승격, 신인왕 선정, 올스타 선정, 시즌 타율 0.300, 홈런 20개, 도루 20개를 기록하지 못할 시, 계약 기간은 2년으로 단축한다.

천천히 확인한 계약 내용에는 퍼거슨이 이야기했던 50만 달러와는 다른 금액이 적혀 있었다.

'협찬 품목 5만 달러에, 계약금이 35만 달러라니……'

하지만 그 금액에 불만이 있는 것은 아니었다.

연간 40만 달러라는 금액은 절대로 적은 금액이 아니었기 때문이다.

거기에 옵션으로 추가된 조건을 전부 달성한다면 135만 달러나 되는 거액을 추가로 손에 쥘 수 있었다.

물론 모든 조건을 달성한다는 것은 현실성이 부족한 일이었지만 한두 개만 달성한다고 해도 몹시 후한 계약인 것은 분명했다.

다만 조금 거슬리는 것은 계약 해제의 부분이었다.

"신인왕, 올스타, 타율, 홈런 기록 중에 하나라도 달성하지 못하면 계약 기간이 줄어드는군요."

민우의 물음에 퍼거슨이 펜을 내려놓고는 가볍게 고개를 끄덕였다.

"네. 맞아요. 서로 한 발짝씩 물러난 결과물이죠. 대신 보시다시피 받아낼 수 있는 옵션을 모두 받아냈어요."

퍼거슨은 그 말과 함께 잠시 민우의 표정을 살폈다.

하지만 민우의 얼굴에는 딱히 불만이라거나, 거슬린다는 듯한 표정은 담겨 있지 않았다.

그 모습에 퍼거슨이 다시금 말을 이었다.

"옵션 없이 50만 달러를 받는 것보단 이게 훨씬 이득이라는 생각에 조율한 결과에요. 물론 강민우 선수가 마음에 들지 않는다면 언제든지 옵션 없이 50만 달러로 계약 조건을 조정할 수 있고요."

퍼거슨은 혹시나 민우가 이 계약을 거절할 경우를 대비해 차선책도 준비해 놓은 상태였다.

퍼거슨의 이야기에 민우는 그럴 생각이 없다는 듯, 곧장 고개를 저었다.

"마음에 들지 않다니요. 여기서 더 욕심을 부리는 건 도둑놈이나 마찬가지죠. 오히려 너무 만족스러운데요?"

민우는 진심으로 퍼거슨이 가져온 결과물에 기쁜 표정을 짓고 있었다.

그 모습에 민우를 바라보고 있던 퍼거슨이 뿌듯한 얼굴로 미소를 짓고 있었다.

에이전트라는 업에 종사하면서 가장 뿌듯할 때가 바로 고객이 계약 내용에 만족해하는 모습을 볼 때였다.

그리고 지금 눈앞의 민우가 바로 그런 모습을 보여주고 있었다.

그리고 민우를 더욱 기쁘게 할 이야기가 아직 남아 있었다.

"니케와의 계약은 이대로 진행할까요?"

퍼거슨의 물음에 민우가 고개를 끄덕였다.

"예, 이대로 계약하겠습니다."

민우의 대답에 만족스러운 표정으로 고개를 끄덕인 퍼거슨은 곧 다른 이야기를 꺼냈다.

"그럼 두 번째 이야기를 말씀드릴게요."

퍼거슨의 화제 전환에 민우는 무심코 잊고 있었던 메시지의 내용이 떠올랐다.

'아, 맞다. 두 가지였지. 역시, 승격인가?'

그리고 곧 기대에 찬 눈빛으로 퍼거슨을 바라봤다.

민우의 모습에 퍼거슨이 가볍게 미소를 지어 보이며 천천히 입을 열었다.

"예상하고 계셨을지 모르겠지만, 두 번째는 바로 메이저리그로의 승격이 확정됐다는 거예요."

퍼거슨의 입에서 나온 이야기는 민우가 예상하고 있던 바로 그 이야기였다.

하지만 머리로 생각하는 것과 직접 듣는 것은 그 느낌에 많은 차이가 있었다.

민우는 가슴속에서 무어라 말로 표현할 수 없는 감격스러움이 이는 것이 느껴지고 있었다.

마이너리그에서의 승격과는 또 다른 느낌이었다.

'내가… 정말로 메이저리그로 가는구나!'

그 느낌에 민우는 잠시 말을 잇지 못한 채, 가만히 주먹을 꽉 쥐고 있었다.

그리고 그 모습을 바라보는 퍼거슨은 민우가 아무런 말도 하고 있지 않았지만 어떤 기분인지를 추측하며 기쁨을 느끼고 있었다.

'몸이 떨릴 정도로 기쁘겠지.'

밑바닥에서 시작해 1년이 채 되지 않는 기간 동안 기대를 현실로 만드는 민우의 모습은 많은 선수와 계약을 진행했던 퍼거슨에게도 생소하고 신기한 경험이었다.

그리고 그런 모습을 한 번뿐 아니라 계속해서 보여주는 모습에 어느샌가 퍼거슨도 민우의 팬이 되어 있었다.

스스로도 이런 경우는 처음이었기에 한편으론 신기함을 느끼고 있기도 했다.

'메이저리그에서는 도대체 어떤 모습을 보여줄지. 너무나도 기대가 돼.'

그런 생각과 함께 퍼거슨은 기대에 찬 눈빛을 은근히 드러내며 민우의 입이 열리기만을 기다렸다.

잠시 감정을 추스르던 민우가 천천히 입을 열었다.

"후. 그럼… 언제 이동하게 되는 건가요?"

민우의 목소리는 살짝 떨리고 있었다.

그 모습에 퍼거슨이 옅은 웃음을 보이며 민우를 더욱 놀라게 했다.

"로스터가 확장되는 건 9월 1일이지만, 강민우 선수는 내일 오후 4시에 LA행 비행기를 타고 곧장 출발해야 해요. 다저스에서 비행기 표와 숙소를 미리 준비해 뒀더군요."

"내일 오후요?"

"네. 지금쯤 채터누가 구단에도 통보가 갔을 거예요. 다저스 구단의 공식적인 발표는 모레쯤 이루어지겠지만, 강민우 선수는 장거리 이동 경험이 거의 전무하기 때문에 9월 1일부터 경기에 뛸 수 있도록 미리 이동을 시키는 거예요. 슈퍼 루키를 대하는 다저스 구단의 작은 배려라고나 할까요."

퍼거슨의 '슈퍼 루키'라는 이야기에 민우가 어색한 웃음을 지으며 고개를 끄덕였다.

"그 점은 정말 감사해야겠네요. 휴… 제가 정말 메이저리그에 올라간다는 생각을 하니, 너무 떨리네요."

민우가 자신의 감정을 솔직하게 고백하는 모습에 퍼거슨이 옅게 웃어 보였다.

"후훗. 떨리는 게 당연한 거예요. 메이저리그로의 승격 통보를 받는다면 그 어떤 선수라도 강민우 선수와 같은 반응을 보였을 거예요. 메이저리그는 야구를 하는 모든 선수가 바라 마지않는 꿈의 무대잖아요."

꿈의 무대.

퍼거슨의 말대로 야구를 하는 모든 이들에게 메이저리그는 '꿈의 무대'이자 정점이었다.

전 세계의 수많은 선수가 메이저리그에 오르기 위해서 피땀을 흘려가며 자신의 실력을 갈고 닦고 있었다.

하지만 메이저리그의 로스터는 팀당 25명에 불과했기에 평생을 야구에 정진하고도 메이저리그에 오르지 못하는 이들은 셀 수 없을 정도로 많았다.

그런 이들을 넘어서 자신이 메이저리거가 된다고 생각하니 가슴속에서 감동의 물결이 출렁이고 있었다.

민우에게 특별한 능력이 생기지 않았더라면, 민우 역시 야구 선수라는 꿈을 펴지도 못한 채 죽어버린 인생을 살았을지도 몰랐다.

그리고 곧, 민우의 뇌리에 하늘에 계신 아버지와 한국에 계신 어머니의 얼굴이 스쳐 지나갔다.

자신에게 처음 야구를 가르쳐 주고, 야구에 관심을 가지게 만들어주신 아버지.

계속해서 자신을 걱정하시면서도 꿈을 위해 자신의 등을 밀어주신 어머니.

이제야 자신을 향한 부모님의 사랑과 믿음을 갚을 순간이 왔다는 생각이 들었다.

그러자 민우는 가슴 속에서 뭉클한 무언가가 꿈틀거리는 느낌에 잠시 눈을 감고 고개를 들어 올렸다.

'아버지, 제가 결국 꿈에 그리던 메이저리거가 됐어요. 어머니도 호강시켜 드릴 수 있게 됐고요. 이제는 그곳에서 마음 편히, 아무 걱정 마시고 제가 뛰는 모습을 지켜봐 주세요.'

잠시 감았던 눈을 뜨니 눈앞이 살짝 흐릿하게 느껴졌다.

"윽… 눈에 먼지가 들어갔나."

민우는 퍼거슨이 그 모습을 볼까 봐 잽싸게 자리에서 일어나 등을 돌린 채 눈을 비볐다.

"퍼거슨, 중요한 이야기는 다 한 것 같으니까 나머지는 숙소로 걸어가면서 이야기하죠."

그 말과 함께 민우는 퍼거슨의 대답도 듣지 않은 채, 빠르게 걸음을 옮겼다.

하지만 퍼거슨은 계속해서 민우를 바라보고 있었기에 그 모습을 이미 다 본 뒤였다.

하지만 다 이해한다는 듯, 모른 척을 해주며 가볍게 미소를 지어 보이고는 곧 그 뒤를 따라 카페를 빠져나갔다.

"그러니까, 내일 자로 40인 로스터에 합류가 되는 거고, 경기 출전은 9월 1일부터라는 말씀이신 거죠?"

숙소 앞에서 잠시 멈춰선 민우의 물음에 퍼거슨이 고개를 끄덕였다.

"맞아요. 25인 로스터인 상태에서 강민우 선수를 출전시키려면 25인 로스터 중 한 선수를 60일짜리 DL에 넣어야 로스터에서 제외되면서 빈자리가 생기니까요. 이제 9월 로스터 확장이 코앞인 상황이니 그렇게까지 무리수를 둘 필요는 없죠."

"그렇군요. 무슨 말인지 이해가 됐어요."

"제가 설명드릴 건 이 정도인 것 같네요. 더 궁금한 게 생기면 따로 전화주시면 상세히 알려드릴게요. 그럼, 내일 2시에는 공항으로 출발해야 하니까 그 전까지 준비를 마쳐주세요."

퍼거슨의 당부에 민우가 걱정 말라는 듯 가볍게 고개를 끄덕거렸다.

"예, 그럼 내일 뵙죠."

"예, 내일 봬요."

퍼거슨은 고개를 가볍게 꾸벅거리고는 천천히 멀어져 갔다.

잠시 그 뒷모습을 바라보던 민우가 몸을 돌렸다.

그리고 곧 눈앞에서 자신을 바라보는 존재를 발견하고는 심장이 덜컥하는 느낌을 받았다.

"샌즈? 깜짝 놀랐잖아! 거기서 뭐하고 있는 거야?"

민우의 시선이 닿는 곳엔 샌즈가 마치 좀비라도 된 것처럼 숙소의 현관 유리문에 찰싹 달라붙어 음흉한 표정을 짓고 있었다.

민우의 놀란 표정에 목표를 달성했다는 듯, 샌즈가 조용히 문을 열고 민우의 곁으로 다가왔다.

그러더니 곧 민우의 어깨에 팔을 두르며 '큭큭큭' 하는 사악해 보이는 웃음소리를 내기 시작했다.

"여어, 민우. 여자 친구가 참 예쁘던데?"

샌즈의 말에 민우가 어리둥절한 표정을 지어 보였다.

"여자친구? 누가? 퍼거슨이?"

"오~ 이름이 퍼거슨이었구나? 그래그래. 저 정도 미모의 여자 친구가 있으니 다른 여자에게 눈이 돌아갈 리가 없지. 후후후."

민우는 잠시 샌즈를 황당하다는 듯이 바라보다가 그 팔을 어깨에서 풀어버렸다.

"샌즈, 퍼거슨은 내 에이전트야. 여자 친구가 아니라고."

민우가 단호한 표정으로 말을 꺼냈지만 샌즈의 표정은 여전히 변함이 없었다.

오히려 민우가 자신을 속이기 위해 거짓말을 한다고 생각하는 눈치였다.

"음. 그래? 저렇게 예쁜 사람이 에이전트라고? 흠~ 뭐, 에이전트랑 연애하지 말라는 법은 없으니까. 굳이 그렇게 숨기지 않아도 돼."

민우는 잠시 샌즈를 황당하다는 눈빛으로 바라보다가 결국 고개를 절레절레 저었다.

그러고는 차라리 잘됐다는 표정으로 고개를 끄덕거렸다.

"에휴. 그래. 마침 잘 됐다. 나 내일 LA로 떠난다."

"응, 그래그래. 어? 뭐? 뭐라고? 떠난다고?"

샌즈는 민우의 말 앞부분만을 듣고는 역시나 하는 표정으로 웃음을 보이다가 뒤이어 나온 말에 웃음을 지우고 멍한 표정을 지어 보였다.

그리고 멍한 표정은 곧 놀라움 가득한 표정으로 빠르게 바뀌어갔다.

"LA로 간다니, 그게 무슨 말이야?"

샌즈의 뇌리에 순간 오늘 아침, 고든이 털어놓았던 찌라시의 내용을 떠올랐다.

'분명, 내일 떠난다고 했었는데? 그게 사실이었단 말이야?'

샌즈는 다급한 목소리로 재차 물음을 던졌다.

"민우, 너. 설마, 메이저리그로 승격하는 거야? 그런 거야?"

샌즈의 뇌리에 이미 퍼거슨의 존재는 지워져 있었다.

그 관심은 오로지 민우의 메이저리그 승격뿐이었다.

민우가 무어라 대답하려는 찰나.

"마침 여기 있었군."

뒤쪽에서 들려오는 목소리에 민우와 샌즈의 고개가 동시에 돌아갔다.

그곳에는 언제 왔는지 구단 직원인 우드가 서 있었다.

"민우, 감독님이 찾으신다. 가보도록."

'감독님이?'

민우는 감독님이 자신을 찾는다는 말에 퍼거슨과의 대화를 떠올렸다.

'지금쯤이면 채터누가 쪽에도 전달이 됐을 거라고 했었지.'

"예, 알겠습니다."

우드는 민우의 대답이 들려오자 고개를 끄덕이고는 그 어깨를 가볍게 두드려 주었다.

그러고는 다른 용건이 있는 듯, 숙소의 계단을 천천히 올라갔다.

잠시 그 뒷모습을 바라보던 민우는 샌즈에게로 고개를 돌렸다.

"에이전트가 찾아온 이유도 그 이야기를 해주기 위해서였던 거야. 아마 지금 감독님이 찾으시는 것도 그 때문일지도 모르지. 아무튼, 난 감독님을 뵙고 올 테니까, 이상한 생각하지 말고 그런 줄 알고 기다리라고."

말을 끝내며 민우는 샌즈의 어깨를 가볍게 두드려 주고는 천천히 걸음을 옮겼다.

그리고 그 뒷모습을 샌즈가 멍한 표정으로 바라보고 있었다.

*   *   *

똑똑.

감독실의 유리문을 두드리자 서류를 뒤적거리고 있던 수베로 감독이 고개를 들어 문밖을 바라봤다.

그리고 방문자가 민우임을 확인하고는 들어오라는 손짓을 보였다.

그에 민우가 천천히 문을 열고 들어섰다.

"찾으셨다고 들었습니다."

고개를 끄덕거린 수베로는 소파를 가리키며 입을 열었다.

"거기 잠시만 잠깐 앉아 있게."

"예."

'개인적인 얘기가 아니었나?'

민우는 잠시 고개를 갸웃거렸지만 곧 소파에 앉아 조용히 생각을 정리했다.

그리고 잠시 뒤, 민우를 기다리게 만든 이가 도착하자 수베로 감독이 의자에서 천천히 몸을 일으켰다.

'젠슨?'

감독실을 찾아온 이는 다름 아닌 채터누가의 철벽 마무리,

젠슨이었다.

곧 젠슨과 수베로 감독이 각각 소파에 앉았고, 잠시 정적이 흘렀다.

"민우, 젠슨, 축하한다. 다저스에서 너희 둘을 콜 업했다. 너희는 이제 채터누가의 선수가 아니라, LA다저스 소속 메이저리거가 되었다."

'역시. 그리고⋯ 혼자 올라가는 게 아니었구나.'

예상했던 이야기가 나오자 민우가 가볍게 고개를 끄덕이며 가볍게 미소를 지어 보였다.

그에 비해 젠슨은 두 눈이 동그랗게 뜬 채 진심으로 기쁜 표정을 짓고 있었다.

"그게 정말입니까?"

"그래."

젠슨의 흥분된 목소리에 수베로가 웃으며 서류를 내밀었다.

수베로 감독이 내민 서류를 빠르게 훑어본 젠슨은 검은 피부와 대비되는 하얀 이를 드러내며 환한 미소를 지어 보였다.

그 모습에 수베로 감독도 뿌듯하다는 듯 진한 미소를 짓고 있었다.

"그 동안 마이너리그에서 고생이 많았다. 길고도 짧은 시간이었지만 너희들이 내 선수였다는 것이 자랑스럽다."

수베로의 말에 민우와 젠슨이 뜨거운 시선으로 수베로를

바라봤다.

"내일 오후 4시, LA행 비행기를 타야 하니 미리 짐들 챙기고 동료들과 인사들 나누도록 해라. 그리고… 메이저리그에 올라갔으니 다시는 이곳으로 돌아올 생각은 하지도 말고. 흠흠. 할 말은 이것뿐이다. 이제 나가봐라."

수베로는 축객령과 함께 이별의 아쉬움을 애써 지우려는 듯, 자리에서 일어나 창가로 다가가 등을 보였다.

잠시 그 모습을 바라보던 민우가 허리를 숙이며 인사를 건넸다.

"그동안 감사했습니다. 메이저리그에 올라가서 감독님의 기대에 걸맞은 멋진 활약을 해 보이겠습니다."

민우의 인사에도 수베로는 등을 돌리지 않았다.

곧, 젠슨도 가볍게 인사를 건넸다.

그리고 둘이 감독실을 빠져나가자 그제야 수베로가 몸을 스윽 돌려 그들의 뒷모습을 바라봤다.

'잘 가라. 그리고… 꼭 성공해라.'

마음속으로 작별 인사를 건넨 수베로는 곧 의자에 앉아 다시금 서류를 뒤적거리기 시작했다.

민우와 젠슨은 그동안 자신들의 편의를 봐준 직원들과 하나하나 인사를 나눴다.

특히 모징고 단장은 민우를 메이저리그로 보내기 싫다는

듯, 끌어안고 오랫동안 놓아주질 않는 모습을 보이며 민우를 난처하게 만들었다.

뒤늦게 그 손에서 어렵게 풀려나고 나서야 민우와 젠슨은 숙소로 돌아왔다.

그리고 그들이 숙소로 돌아오고 얼마 뒤, 동료들이 한자리에 모여 민우의 젠슨의 메이저리그 승격을 축하해 주었다.

"민우! 축하한다!"

"너라면 역시 갈 줄 알았다!"

"예상은 하고 있었지만, 역시 가는구나."

특히 민우의 승격만을 예상하고 있던 동료들은 젠슨까지 메이저리그로 올라간다는 소식에는 꽤나 놀란 표정을 지어 보였다.

"젠슨까지 가는구나."

"채터누가의 뒷문은 이제 누가 지켜주나?"

하지만 민우와 젠슨 모두 빼어난 활약을 보였기에 그들의 승격을 시샘하는 이들은 보이지 않았다.

오히려 앞으로 남은 경기와 이후 펼쳐질 디비전 파이널을 어떻게 치러야 할지 걱정하는 모습을 더러 보이고 있을 뿐이었다.

아직 시즌이 진행 중이었기에 그들은 이별주 대신 이별 주스를 마시며 애써 아쉬움을 달랬다.

선수들이 하나둘 자신의 방으로 돌아가고 어느새 남은 이는 민우와 샌즈, 그리고 고든과 스미스뿐이었다.

"민우! 먼저 가서 기다리라고! 내년엔 나도 올라갈 테니까!"

"좌익수가 완전 구멍이라던데, 우익수로 뛰지 않아도 되니까 나도 같이 데려가면 안 되나?"

고든의 호언장담에 이은 샌즈의 푸념하는 모습은 아쉬움에 젖어 있던 민우를 피식 웃게 만들었다.

"둘 다 내년엔 꼭 올라오라고. 내가 가서 자리 잘 닦아놓고 있을 테니까."

민우의 이야기에 곧 고든과 샌즈도 가볍게 미소를 지어 보이며 고개를 끄덕였다.

장난스러운 그들과 달리 스미스는 진지한 표정으로 민우를 바라보고 있었다.

"부상 조심하고, 우리들 몫까지 열심히 뛰어라. 우리가 널 바라보고 메이저리거라는 희망을 가질 수 있게."

"예, 스미스. 기다리고 있겠습니다."

스미스가 손을 내밀자, 민우도 그 손을 마주잡았다.

곧 남은 이들마저 자신의 방으로 돌아가며 숙소의 소란스러움이 모두 사그라졌다.

제2장

다저스타디움

다음 날.

민우와 젠슨은 채터누가를 뒤로 한 채 LA행 비행기에 몸을 실었다.

5시간 정도의 고된 비행을 끝내고 출구를 나서자 다저스의 직원이 민우와 젠슨을 마중 나와 있었다.

"어서 오십시오. 다저스 구단 선수 지원 담당 직원인 토레스입니다. 여기부터 제가 안내해드리겠습니다."

민우와 젠슨, 그리고 퍼거슨은 토레스가 준비한 차에 올라 다저스타디움을 향해 출발했다.

차를 타고 40여 분을 더 달리자, 다저스타디움을 알리는 표지판이 보였다.

게이트를 통과하고 얼마간을 더 달리자 곧 모두의 시야에 끝이 보이지 않는 주차장 사이로 거대하면서도 조금은 투박한 다저스타디움의 모습이 아득하게 보이기 시작했다.

그 모습에 제일 먼저 반응한 것은 민우였다.

"와……. 뭐가 이리 커? 주차장이 끝이 안보이네."

다저스타디움을 둘러싸고 있는 주차장에는 차마 셀 수 없을 정도로 엄청나게 많은 차가 끝을 모르게 주차되어 있었다.

진심으로 놀란 듯한 민우의 순수한 반응에 퍼거슨이 옅은 미소를 보였다.

"강민우 선수는 다저스타디움을 실제로 보는 게 처음이죠?"

"예. TV에서나 본 게 전부라서요. 아시다시피 미국에 온 것도 1년이 채 되지 않았잖아요."

민우의 이야기에 퍼거슨이 가볍게 고개를 끄덕였다.

"하지만 아직 놀라기엔 일러요. 다저스타디움은 겉에서 보는 것과는 전혀 다른 속을 가지고 있거든요."

퍼거슨의 이야기에 민우는 도대체 어떤 것이기에 지금보다 얼마나 더 놀랄 수 있다는 것인지 궁금함이 일었다.

그리고 그 설명은 민우의 옆자리에 앉아 있던 젠슨이 대신해 주었다.

"원래 저 자리에 경사진 구릉이 있었는데 그 구릉의 한 면을 깎고 구덩이를 파내서 만든 게 다저스타디움이거든. 어떻게 보면 반지하 구장이라고 해야 하려나?"

"반지하?"

민우의 의문스러운 표정에 젠슨이 피식 웃었다.

"어. 거기다가 수용 인원만 무려 56,000명이나 되거든. 지금 보이는 저 크기에 그 인원이 다 들어갈 순 없을 거 아냐?"

젠슨의 말에 민우가 다시금 다저스타디움으로 시선을 돌렸다.

"그렇게 말하니까 그런 것 같긴 하네."

"그래서 겉에서 보이는 게 전부가 아니라는 말이지. 가보면 알게 될 거야. 나도 1년 전에 처음 다저스타디움에 들어섰을 때 얼마나 깜짝 놀랐었는데. 스프링캠프 마지막 날이었는데, 얼마나 떨렸는지 몰라. 뭐, 그게 처음이자 마지막이었지만, 이렇게 1년도 안 돼서 다시 돌아오다니!"

젠슨은 1년 만에 다시 이곳에 온 것이 흥분된다는 듯 높은 톤의 목소리를 내고 있었다.

그 목소리에 민우는 호기심이 크게 이는 것이 느껴졌다.

'TV에서 볼 때도 정말 커 보이긴 했는데, 실제로 보면 얼마나 대단하기에 저 정도 반응인걸까?'

민우는 그런 생각과 함께 입을 다문 채, 점점 가까워지고 있는 다저스타디움을 뚫어져라 바라보기 시작했다.

다저스타디움에 도착한 시간은 저녁 7시가 막 넘어선 시각이었다.

빼곡히 들어차 있는 차들 사이로 난 통로로 차를 몰던 토레스가 조용히 입을 열었다.

"필리스와의 경기가 한창 진행 중인지라 조금 복잡합니다."

그 이야기에 민우와 젠슨이 가볍게 고개를 끄덕였다.

"그렇군요."

토레스는 곧장 고객 주차장을 지나 선수 전용 주차장으로 차를 몰았다.

선수 전용 주차장에는 고객 전용 주차장에 비해 빈 공간이 꽤 많았고, 토레스는 여유 있게 차를 주차시켰다.

"짐은 차에 두고 가시죠. 피곤하실 테니 오늘은 사무실로 가서 계약서만 작성하고 곧장 숙소를 안내해 드리겠습니다. 구장 시설에 대한 자세한 안내는 내일 해드리겠습니다."

자신의 짐을 챙기려던 민우와 젠슨은 그 이야기에 고개를 끄덕였다.

민우는 모르는 사실이었지만 보통 마이너리그에서 콜 업되는 선수들은 이런 구단의 배려를 바라기가 어려웠다.

오히려 한밤중에 콜 업이 되어 몇 시간 거리를 달려와 제대로 쉬지도 못하고 다음 날 경기에 뛰어야 하는 경우도 비일비재했다.

그런 이들에 비하면 민우와 더불어 젠슨에게 주어진 이틀의 휴식은 가히 특별 대우라고 할 만한 것이었다.

곧, 토레스는 빠르게 다저스타디움 내부로 그들을 인도했다.

민우와 젠슨, 그리고 퍼거슨은 그 뒤를 따라 길게 이어진 선수 전용 통로를 걸어가기 시작했다.

'통로도 엄청 기네. 마이너리그 구장이랑은 비교가 안 돼.'

민우의 기억에 애로우헤드 크레딧 유니언 파크나 AT&T 필드에는 이렇게 긴 통로는 존재하지 않았었다.

선수 전용 통로라고는 더그아웃에서 라커룸으로 가는 정도가 전부였다.

나머지는 적당히 걸으면 어디로든 연결되곤 했었다.

하지만 다저스타디움은 그 통로마저 상당히 길었다.

통로의 길이만 보아도 경기장의 크기가 크다는 것이 자연스레 와 닿았다.

경기가 진행 중이었기에 경기장의 벽을 타고 응원 소리가 전해지며 통로의 내부를 울리고 있었다.

미미하게 울리는 그 소리는 민우의 심장을 두근거리게 하고 있었다.

'56,000명이라고 했지.'

민우가 바로 어제까지 경기를 뛰었던 AT&T 필드의 총 수용 인원이 정확히 6,340명이었다.

단순히 계산해도 약 9배의 차이가 나는 규모였다.

얼마나 많은 관중이 다저스타디움을 가득 채운 채 응원을 보내고 있을지 상상하니 몸을 타고 전율이 일었다.

이제 이틀 뒤면 바로 자신이 저 바깥에 펼쳐진 그라운드에서 수만의 팬의 환호를 받으며 LA다저스 소속 선수로 뛰게 된다는 생각을 하자 두근거림은 더욱 심해져 갔다.

옆을 돌아보니 젠슨 또한 민우와 비슷한 기분인 듯, 그의 표정이 상기되어 있었다.

'다저스타디움에 와봤더라도 이번에는 공식 일정에 진짜 메이저리거의 신분으로 왔다는 거니까. 느낌이 완전히 다르겠지.'

민우의 시선을 느낀 젠슨이 고개를 돌렸고, 민우와 눈이 마주치자 두툼한 입술을 양 옆으로 당기며 조용히 웃어 보였다.

정말 메이저리거가 되었다는 것이 실감된다는 듯한 눈빛이었다.

그 모습에 민우 역시 덩달아 입꼬리를 말아 올리며 소리 없이 미소를 지어 보였다.

계약서 작성은 일사천리로 끝이 났다.

민우는 이미 스플릿 계약을 맺은 상태였기에 조건의 변동 없이 메이저리그 계약서를 새로 작성했다.

이어 젠슨의 계약서까지 빠르게 작성하고 사무실을 빠져나오자 문 앞에서 기다리고 있던 토레스가 곧장 숙소로 안내하겠다면서 다시금 앞장서서 걷기 시작했다.

'여기까지 왔는데 그냥 가야된다고?'

민우로서는 생애 첫 다저스타디움 방문이었다.

이곳까지 와서 경기장도 구경하지 않고 돌아가기는 아쉬움이 컸다.

당장 내일 다시 올 것이라고는 하지만, 당장 경기가 열리고 있는 경기장의 열기가 얼마나 대단한지도 느껴보고 싶었다.

민우가 고개를 돌려보니 젠슨 역시 무언가 아쉬운 듯한 표정을 짓고 있었다.

그 모습에 민우가 결정을 내린 듯 토레스를 향해 목소리를 냈다.

"토레스."

"예."

"기왕 이렇게 다저스타디움까지 왔는데, 숙소에 가기 전에 경기를 조금 보고 가도 되지 않겠습니까?"

민우는 그 물음과 함께 젠슨과 퍼거슨을 돌아봤다.

젠슨은 마치 그 말을 기다렸다는 듯 곧장 고개를 끄덕였다.

"저도 꼭 보고 싶습니다."

퍼거슨은 말없이 웃으며 고개를 끄덕여 보였다.

그 모습에 토레스는 어려울 것 없다는 듯 고민 없이 발걸음을 돌렸다.

"원하신다면 얼마든지요. 따라 오시죠."

민우와 젠슨은 서로 마주보며 미소를 짓고는 빠르게 그 뒤를 따라 걷기 시작했다.

기나긴 통로를 얼마나 걸었을까.

통로의 끝으로 빛나는 밤하늘이 보이기 시작했다.

그리고 통로를 벗어나는 순간, 눈앞으로 끝없이 펼쳐진 관중석과 그라운드의 광경에 민우의 입이 놀라움으로 크게 벌어졌다.

"와아……."

민우가 서 있는 곳은 다저스타디움의 내야 관중석 중 3층이었다.

상당히 높은 위치였기에 경기장의 모든 모습이 한눈에 들어왔다.

AT&T 필드와는 비교할 수 없을 정도로 많은 수의 관중석.

그리고 그 관중석을 다저스 유니폼 특유의 하얗고 푸른 물결로 가득 채우고 있는 다저스의 팬들.

넓게 펼쳐진 초록빛의 그라운드.

양 쪽으로 정확히 대칭을 이루는 그라운드 너머로 보이는 외야석에도 가득 들어찬 관중.

그리고 외야석 양 쪽에 자리한 두 개의 큼지막한 전광판이 선수에 대한 정보와 경기 상황에 대한 정보를 출력해 주고 있었다.

마지막으로 좌측 전광판 뒤쪽 너머의 언덕에는 LA다저스의 모토인 'THINK BLUE'라는 파란색 글자로 된 간판이 세워져 있었다.

'퍼거슨과 젠슨이 놀라기엔 이르다고 한 건… 바로 이런 의미였구나.'

겉에서 본 것과는 비교할 수 없을 정도로 훨씬 압도적인 다저스타디움의 광경에 민우의 입은 다물어질 줄을 몰랐다.

민우에게 다저스타디움에 대해 설명을 해주었던 젠슨은 이미 한 번 와봤던 경험이 있음에도 민우와 비슷한 모습으로 놀라움을 드러내고 있었다.

토레스는 민우와 젠슨이 자못 감동을 받은 듯한 모습을 보이자 뿌듯한 얼굴로 그 모습을 바라보고 있었다.

민우는 시선을 여기저기로 돌려가며 관중석을 가득 메우고 있는 팬들의 모습을 하나하나 살펴봤다.

팬들은 하나같이 기대에 가득 찬 눈빛으로 그라운드의 선수들을 바라보고 있었다.

그리고 그 시선을 온몸으로 받으면서도 아무렇지 않게 경기에 임하고 있는 선수들의 모습이 놀라웠다.

'나도 저렇게 당당한 모습으로 경기에 임할 수 있을까.'

마이너리그에서는 수백 명의 앞에서도, 수천 명의 앞에서도 이 정도로 떨렸던 기억이 없었다.

하지만 마이너리그와 메이저리그라는 차이는 엄청난 크기의 경기장에서부터 알 수 있듯 전혀 다른 차원의 무대였다.

그 압도적인 위용, 팬들의 숫자, 그리고 그들이 모두 한 명을 바라보고 있는 모습은 상상하던 모습과는 차원이 달랐다.

그 광경에 민우의 몸엔 자기도 모르게 긴장감이 서리기 시작했다.

'아직 경기에 뛰지도 않았는데 벌써부터 긴장하면 어떻게 하겠다는 거야. 정신 차리자.'

빠르게 뛰는 심장을 가라앉히기 위해 민우는 크게 심호흡을 했다.

"후우!"

따아악!

순간, 경기장을 쪼갤 듯한 타격음이 들려오며 민우의 시선이 자연스럽게 그라운드로 향했다.

"와아아아!!"

동시에 관중들이 모두 일어나 환호성을 지르며 하늘 높이 뻗어나가는 타구를 바라보기 시작했다.

그리고 타구가 펜스를 넘어 외야 관중석에 떨어지는 순간.

"와우! 홈런이야!!"

"와아아!"

"저 녀석을 데려온 건 신의 한 수야! 5경기에 벌써 3홈런이라니!"

"바라하스! 바라하스!!"

수많은 이가 홈런을 친 장본인인 바라하스를 향해 환호성을 내지르며 박수를 치고 만세를 부르고 있었다.

수만 명의 관중이 일제히 환호성을 내지르는 모습은 가히 장관이었다.

민우의 시선은 곧 다이아몬드를 돌고 있는 바라하스에게로

가 닿았다.

바라하스는 묵묵히 그라운드를 돌고는 더그아웃으로 돌아가 동료들의 축하를 받고 있었다.

그 모습은 민우가 항상 보고 함께하던 광경과 그리 다르지 않았다.

민우의 뇌리에 문득 하나의 생각이 떠올랐다.

'나 스스로 메이저리그에 대한 벽을 만들고 있는 건 아닐까? 내가 신경 써야 할 건 관중들의 숫자가 아니라 마운드 위에서 공을 뿌리는 투수잖아.'

잘하면 환호를 받고, 못하면 야유를 받는 것은 마이너리그도 마찬가지였다.

그 무대가 달라졌다고 해서 민우가 해야 할 일이 달라지는 것은 아니었다.

긍정적인 생각을 가지자 어깨를 짓누르던 긴장감이 어느 정도 해소가 되는 느낌이 들었다.

'잘하면 된다. 메이저리그도 결국은 내가 지금껏 해온 야구와 같아. 모자란 건 배우고, 내가 잘할 수 있는 걸 하면 되는 거야.'

민우는 곧 어깨를 펴고 눈을 빛냈다.

그러고는 더그아웃에서 미소를 보이고 있는 켐프를 발견하고는 고개를 끄덕거렸다.

'목표는 하나. 켐프를 뛰어넘어 다저스의 주전 중견수가 되

는 것. 그뿐이다.'

목표로 했던 메이저리그에 올라왔다고 끝나는 것이 아니었다.

메이저리그로의 승격은 또 하나의 출발선에 선 것이었고, 먼저 출발한 켐프라는 선수를 뛰어넘는 것이야말로 민우가 해야 할 일이었다.

다저스가 자신에게 준 기회를 발로 걷어차고 마이너리그로 돌아갈 생각은 없었다.

그리고 민우와 같은 포지션인 켐프가 깊은 슬럼프에 빠진 지금이 바로 민우에게 찾아온 기회였다.

'주어진 기회를 놓치면 다시 돌아오지 않는다. 그리고 지금이 바로 그 기회라는 걸 잊지 말자.'

마음을 다잡고 나자 민우의 두 눈이 맑게 빛나기 시작했다.

이날 경기는 바라하스의 홈런을 마지막으로 더 이상의 득점 없이 3 대 0, 다저스의 승리로 경기가 종료되었다.

이날 켐프는 4타수 무안타 3삼진으로 여전히 부진의 늪에서 빠져나오지 못하는 모습을 보이고 있었다.

경기가 끝난 뒤, 민우와 젠슨, 그리고 퍼거슨을 실은 차가 다저스 구단에서 마련해 준 숙소로 향해갔다.

민우와 젠슨의 숙소는 다저스타디움에서 차로 5분 정도 떨어진 곳에 위치해 있었다.

토레스는 그들에게 숙소를 안내해 준 뒤, 다음 날 데리러

오겠다는 말을 남기고는 빠르게 사라졌다.

젠슨 역시 내일 보자는 이야기만을 남기며 피곤한 발걸음을 이끌고 숙소로 들어갔다.

로비에는 민우와 퍼거슨만이 남아 있었다.

퍼거슨은 상기된 표정이 채 가시지 않은 민우를 보고는 가볍게 미소를 지어 보였다.

"앞으로 뛰어야 할 무대를 본 기분이 어때요?"

퍼거슨의 물음에 민우가 기분 좋은 미소를 보이며 입을 열었다.

"이곳에 와서 제 눈으로 다저스타디움을 바라보니, 퍼거슨이 저와 계약을 맺고 처음 했던 말이 문득 떠오르더군요. 저에게 메이저리그 승격이 꿈만 같은 이야기가 아니라고 했었죠."

민우의 말에 퍼거슨이 고개를 끄덕거렸다.

"분명 그랬었죠."

"사실 처음에는 100% 확신이 없었어요. 그냥 한 번 믿어보자였죠. 그런데 퍼거슨은 스스로 뱉은 말을 하나하나 현실로 만들어내더군요. 만약 퍼거슨과 계약을 맺지 않았다면, 제가 과연 100만 달러라는 계약을 맺고, 이 자리까지 이렇게 빨리 올 수 있었을까요?"

잠시 뜸을 들인 민우는 퍼거슨의 눈을 보며 말을 이었다.

"메이저리거가 되어서 기쁜 것도 기쁜 거지만, 한편으론 퍼거슨의 노력에 정말 감사한 마음이에요. 다시 한 번 고맙다고 말씀드리고 싶어요."

민우의 표정에는 퍼거슨을 향한 신뢰감과 고마움이 가득 담겨 있었다.

그 모습에 퍼거슨도 기분 좋은 미소를 보였다.

"그렇게 생각해 주신다니 정말 고마워요. 하지만 잊지 마세요. 그 모든 것들이 가능하게 만든 건 바로 강민우 선수의 실력이 있었기 때문이라는 걸요."

퍼거슨의 말에 민우의 얼굴에 미소가 떠올랐다. 그런 그의 모습에 퍼거슨은 진지한 표정을 지어 보이며 말했다.

"그리고 이번 로스터 확장 기간에 강민우 선수가 어떤 모습을 보이느냐에 따라 스프링 캠프, 그리고 25인 로스터에 남아서 다음 시즌을 메이저리그에서 치를 수 있느냐가 결정된다는 걸 꼭 명심하세요."

퍼거슨의 조언에 민우가 천천히 고개를 끄덕였다.

"예, 명심할게요."

민우의 의지가 담긴 대답을 들은 퍼거슨이 환한 미소를 지으며 말을 덧붙였다.

"강민우 선수가 선전을 해야 저도 수수료를 당당히, 꾸준히 받을 수 있으니까요. 후훗."

그 모습에 잠시 멍한 표정을 짓던 민우가 이내 마주 웃어 보이며 고개를 끄덕였다.

"그래요. 그럼, 제 경기 자주 보러 와주세요. 제일 좋은 자리로 구해드릴 테니까요. 와서 응원해 주시면 저도 힘내서 원하시는 대로 멋진 활약을 꾸준히 보여드릴게요."

민우의 말에 퍼거슨이 살짝 놀란 표정을 짓더니 곧 짓궂은 표정을 지으며 민우를 바라봤다.

"후훗. 그 말, 왠지 순수한 의도만 담긴 건 아닌 것 같은 느낌인데요?"

퍼거슨의 장난스러운 말에 당황한 표정으로 민우가 무어라 대답하려는 찰나.

빵!

퍼거슨을 데리러 온 차가 숙소 앞에 도착했는지 클랙슨 소리가 짤막하게 들려왔다.

"차가 도착했나 보네요. 그럼 멋진 활약 기대할게요."

퍼거슨은 그 말과 함께 손을 내밀었다.

어버버한 표정을 짓던 민우도 이내 미소를 지은 채 손을 내밀어 맞잡았다.

"예, 지켜봐 주세요."

제3장

동료들과의 첫 만남

짧은 밤이 지나가며 긴 비행으로 쌓인 피로를 씻어주었다.

민우는 아침 일찍 일어나 습관적으로 훈련을 위해 숙소를 나서려다가 이곳이 채터누가가 아니라는 사실을 깨닫고는 피식 웃고 말았다.

'여긴 LA지. 여기서 경기장까지 걸어가는 게 불가능한 건 아니지만, 어디에 어떤 시설이 있는지도 모르고 함부로 움직이면 안 되겠지.'

다저스타디움은 우스갯소리로 하루 만에 둘러보는 것이 불가능하다고 할 정도로 거대하고 복잡한 구조를 가지고 있다고 했다.

겉과 속이 다른 그 모습을 떠올린 민우는 자칫 잘못하다가 미아가 될 수도 있다는 생각에 피식 웃으며 고개를 저었다.

'토레스에게 자세히 물어봐야겠지.'

결국 민우는 이례적으로 아침 훈련을 깔끔하게 포기하고는 숙소에서 제공하는 식사로 배를 든든히 채웠다.

그렇게 구장으로 출근할 준비를 마쳤고, 시간을 맞춰 민우와 젠슨을 데리러 온 토레스의 차를 타고 구장으로 향했다.

그리고 토레스의 안내에 따라 경기장의 이곳저곳을 돌아다니며 구장에 대한 안내를 받고 마지막으로 라커룸으로 발걸음을 옮겼다.

라커룸에는 아직 선수들이 도착하지 않은 것인지, 한 명의 선수도 보이고 있지 않았다.

민우는 투박하지만 마이너리그에 비해 확실히 깔끔하고 쾌적한 모습을 가지고 있는 다저스타디움의 라커룸을 보며 자신이 메이저리그로 올라왔다는 것을 다시금 느끼고 있었다.

"이게 내 유니폼……."

젠슨의 감격에 찬 목소리에 고개를 돌려보니 널찍한 라커들 사이로 주변의 라커들보다 조금은 작아 보이는 라커 두 개가 있었다.

그리고 그곳에 각각 민우와 젠슨의 성이 새겨진 유니폼이 나란히 걸려 있는 모습이 보였다.

젠슨은 라커룸에 자신의 유니폼을 바라보며 감격에 차 있었다.

'이게 다저스의 유니폼, 그리고 내 유니폼이구나.'

민우 역시 젠슨과 비슷한 표정을 지으며 자신의 유니폼을 바라보고 있었다.

가슴팍에는 다저스의 팀 이름이 선명히 쓰여 있었고, 등 뒤에는 73번이라는 등 번호와 'KANG'이라는 글자가 선명한 푸른색으로 쓰여 있었다.

민우의 라커룸에는 다저스의 유니폼 외에도 여러 벌의 훈련용 유니폼과 니케에서 제공한 다양한 장구들이 자리를 차지하고 있었다.

젠슨은 신이 난 모습으로 곧장 유니폼을 자신의 몸에 걸치며 환한 웃음을 짓고 있었다.

"어때? 잘 어울리는 것 같아?"

마치 선물을 받고 좋아하는 아이 같은 모습에 민우가 피식 웃어 보였다.

"완전 잘 어울린다."

그러고는 곧 민우도 젠슨을 따라 유니폼을 걸치고는 젠슨에게 같은 물음을 던졌다.

젠슨은 양손의 엄지손가락을 들어 보이며 하얀 이를 드러내고 웃어 보였다.

이후 민우와 젠슨이 클럽하우스 매니저의 도움으로 라커룸을 포함해 클럽하우스의 부대시설들을 구경하고 나니 시간이 조금은 흐른 뒤였다.

그리고 곧 다저스의 선수들이 하나둘씩 라커룸에 들어서기 시작했다.

"오~ 젠슨. 오랜만이야."

가장 먼저 들어선 이는 다저스의 영건, 커쇼였다.

커쇼는 구레나룻부터 턱까지 이어진 수염이 꽤나 강한 인상을 주고 있었다.

젠슨에게 가볍게 반가움을 표한 커쇼는 민우를 발견하고는 곧장 손을 내밀었다.

"네가 그 유명한 강이구나! 반가워!"

커쇼는 민우에게도 스스럼없이 다가와 밝은 미소를 보이며 인사를 건넸다.

커쇼의 뒤를 이어 전날 홈런의 주인공인 포수 바라하스가 들어섰고 뒤이어 선수들이 약속이라도 한 것처럼 줄줄이 들어서며 젠슨과 민우에게 인사를 하기 시작했다.

"젠슨, 승격 축하한다."

"민우라고? 어디서 많이 들어봤는데?"

"아! 8경기 연속 홈런을 때렸다는 그 민우구나. 반갑다!"

젠슨은 스프링캠프에 참여했던 경험이 있어서인지 몇몇 선수를 제외하고는 기존에 친분이 있는 상태인 듯했다.

민우와 젠슨이 선수들과 정신없이 인사를 나누며 안면을 트고 있을 때, 라커룸의 입구에서 젠슨을 부르는 목소리가 들려왔다.

"젠슨?"

그리고 곧 젠슨의 눈이 크게 떠지더니 반가운 표정으로 자신을 부른 이에게 다가갔다.

"켐프! 오랜만이야!"

'켐프?'

민우가 천천히 몸을 돌려 젠슨과 가볍게 포옹을 하며 웃고 있는 켐프를 쳐다봤다.

까무잡잡한 피부에 턱수염을 멋들어지게 기른 켐프는 젠슨을 바라보며 밝은 웃음을 보이고 있었다.

그러고는 곧 민우를 발견하고는 젠슨에게 고갯짓을 했다.

"저쪽은 나랑 같이 채터누가에서 한솥밥을 먹었던 민우야. 포지션은 중견수고."

"민우?"

켐프는 마치 처음 들어본다는 듯이 고개를 갸웃거렸다.

쾌활한 표정으로 민우를 소개하던 젠슨은 돌연 켐프의 귀에 대고 조용히 속삭이기 시작했다.

"요새 엄청 부진하다며. 조심해야 할 거야. 민우 저 녀석, 한국에서 왔는데 채터누가에 합류하고 두 달도 안 돼서 메이저리그 콜 업된 거거든."

젠슨의 말에 켐프는 놀랍다는 듯 눈을 동그랗게 떴다.

'겨우 두 달 만에?'

민우는 그 둘을 보며 고개를 갸웃거리고 있었다.

'엄청 반가워하는 거 보니, 둘이 상당히 친한 사이인가 보네. 그런데 무슨 얘기를 저렇게 하고 있는 거지?'

젠슨의 이야기에 잠시 민우를 바라보던 켐프는 돌연 여유로운 미소를 보이며 젠슨의 어깨를 두드렸다.

"젠슨, 내가 저런 애송이한테 밀릴 거 같아? 로스터도 확장되고 했으니 그냥 내 백업으로 올라온 거겠지. 이맘때엔 원래 그렇잖아. 그러니 걱정하지 말라고."

켐프의 자신만만한 모습에 젠슨이 피식 웃어 보였다.

"뭐, 두고 보면 알겠지."

젠슨의 반응에 미간을 살짝 꿈틀거린 켐프가 이내 고개를 절레절레 저으며 민우에게로 다가와 미소를 지은 채 손을 내밀었다.

"반갑다. 켐프라고 한다."

먼저 건네오는 인사에 민우도 그 손을 맞잡아 흔들었다.

"반가워. 난 편하게 민우라고 불러줘."

"젠슨에게 들으니 네가 그렇게 대단하다던데, 정말이냐?"

평범한 질문이었지만, 그 어감이 꽤나 거슬렸다.

켐프의 얼굴을 다시 바라보니 입가의 미소는 변함이 없었지만 그 눈빛이 꽤나 거슬렸다.

마치 자신을 깔보는 듯한 그 시선에 민우는 기분이 조금 상하는 것을 느꼈다.

곧 민우의 눈에 켐프의 첫인상은 오만함으로 다가왔다.

'초면에 대놓고 깔보다니. 원래 이렇게 건방진 녀석인가? 메이저리거들은 다들 겸손한 줄 알았는데, 역시 어딜 가나 이런 녀석은 존재한다는 건가. 뭐, 기 싸움을 피할 생각은 없지만.'

민우는 머릿속에 들어 있던 개념을 살짝 수정하고는 과장된 미소를 보이며 고개를 끄덕였다.

"8경기 연속 홈런을 때렸고, 사이클링 히트도 2번 달성했으니까. 좀 대단하긴 하지?"

자신의 도발에도 기가 죽지 않고 당돌하게 대답하는 민우의 모습에 켐프의 표정이 가볍게 흔들렸다.

민우는 그 모습에 속으로 피식 웃어 보였다.

과거처럼 멍청하게 자신을 적대하는 이에게까지 친절하게 굴 생각은 없었다.

오히려 이런 성격이라서 다행이라고 생각했다.

'사실 네 녀석이 부진해서 빠르게 메이저리그에 올라올 수 있었던 거니까. 조금 미안한 감정도 있었는데, 차라리 잘됐어. 이런 오만한 녀석이라면 어떤 결과가 나와도 죄책감은 느끼지 않아도 되니까.'

아직 메이저리그 무대를 경험해 보지 못했기에 선전을 자신할 수는 없었다.

하지만 슬럼프에 빠져 2할 초반의 타율에서 허덕이는 켐프보다는 잘 해낼 자신이 있었다.

특히 수비에서는 그 누구보다도 강점이 있다고 자신할 수 있었다.

"푸하하하. 그래, 대단하긴 하네."

곧, 켐프는 민우의 반응이 재미있다는 듯 크게 웃어 보이더니 돌연 웃음을 뚝 멈추고는 민우를 지그시 노려봤다.

"그래봐야 마이너리그에서의 기록일 뿐이지. 어디 한번 잘해보라고. 메이저리그는 다르다는 걸 온몸으로 느끼게 될 테니까."

민우에게만 들리도록 조용히 말을 뱉은 켐프는 곧 민우의 어깨를 툭툭 두드리고는 자신의 라커가 있는 곳으로 천천히 걸어갔다.

주변에 있던 몇몇 선수는 켐프가 민우에게 장난을 거는 거라고 생각하고 있는지, 가볍게 웃어 보이며 자신들의 할 일을 하고 있을 뿐이었다.

둘의 신경전을 눈치챈 것은 곁에 있던 젠슨뿐인 듯했다.

젠슨은 신경전의 원흉이 자신의 장난 섞인 도발 때문임을 알고 있었기에 조금은 어색한 웃음을 지으며 민우의 어깨를 두드렸다.

"원래 저런 녀석이 아니었는데, 이번 시즌에 너무 죽 쒀서 그런가. 자존심이 좀 센 녀석이라 자길 믿지 못하고 같은 포지션의 선수를 올린 게 기분이 나빴나 봐. 그러니까 네가 조금만 이해해 줘."

민우는 애써 켐프를 변명해 주며 자신을 위로하는 젠슨의 모습에 웃음을 보이며 고개를 끄덕였다.

"괜찮으니까 걱정하지 마."

짝짝!

분위기를 환기시키는 손뼉 소리에 모두의 시선이 라커룸의 중앙으로 몰렸다.

그곳에는 38살의 노장으로 주전 3루수를 맡고 있는 블레이크가 서서 선수들을 바라보고 있었다.

"미팅 시간 10분 전이다. 다들 준비됐으면 그라운드로 나가자."

가볍게 일정을 안내해 준 블레이크가 곧 민우에게로 다가오며 미소를 보였다.

"민우, 젠슨. 너희들도 다 준비됐지?"

"예."

"준비됐습니다."

블레이크는 민우와 젠슨의 대답에 가볍게 고개를 끄덕거리고는 민우와 젠슨의 어깨를 두드려 주었다.

"메이저리그에 온 걸 환영한다. 앞으로 궁금하거나 어려운 일이 있으면 언제든지 날 찾아와라. 그리고 토리 감독님은 냉철한 분이시니, 혹시라도 태만한 모습을 보여 노여움을 사지 않도록 주의하도록 해라."

"예."

"알겠습니다."

블레이크는 민우와 젠슨의 대답이 마음에 든다는 듯, 고개를 가볍게 끄덕이고는 몸을 돌렸다.

민우와 젠슨도 곧 그라운드로 나가기 위해 걸음을 옮기기 시작했다.

"젠슨, 토리 감독님이 그렇게 무서운 분이셔?"

민우의 물음에 젠슨이 가볍게 고개를 저었다.

"아니. 블레이크는 그런 의미로 말한 게 아니야. 내가 아는 토리 감독님은 선수로서의 기본만 지킨다면 절대로 해코지를 하거나 화를 내시는 분이 아니거든. 반대로 말하자면 선수의 본분인 성실함이 없는 선수들에게는 따끔하게 한마디를 하시는 분이지. 신인이든 노장이든 토리 감독님 앞에서는 구분이 없어. 그래서 냉철하다고 표현한 걸 거야. 그리고……"

"그리고?"

잠시 뜸을 들이던 젠슨은 민우의 궁금하다는 표정에 조용히 민우의 옆으로 고개를 들이밀었다.

"사실 블레이크의 이야기를 듣고 나서 생각난 건데, 켐프가 올해 슬럼프에 빠진 게 경기보다는 여자 친구 때문이라는 이야기도 있거든. 나도 잘 몰랐는데, 올해 중순부터인가, 뉴스에 계속 나오더라고."

"여자 친구?"

민우에게 스마트폰은 그저 연락 수단 정도의 용도였기에 그런 뉴스가 있었다는 사실을 전혀 모르고 있었다.

"웅, 팀의 중심이 되어야 할 4번 타자가 여자 때문에 훈련도 경기도 최선을 다하지 않는다고 단장부터 코칭스태프까지 공개적으로 질타할 정도였으니까."

"언론에까지 나올 정도면 상당히 심각한 수준 아니야?"

"그러니까. 악플도 엄청 달리더라고. 켐프의 올해 연봉이 400만 달러인 데다가 팀 순위가 곤두박질을 쳐서 팬들이 더 극성인지도 모르겠지만. 아무튼 감독님이 공개적으로 그럴 정도면 정말 심각하다는 소리겠지. 저렇게 날카로운 이유도 대충 설명이 되고."

말을 끝내며 젠슨은 다른 선수들과 수다를 떨며 앞서 걷고 있는 켐프를 향해 걱정스러운 눈빛을 보내고 있었다.

그런 젠슨의 이야기에도 민우는 이해할 수 없다는 듯한 표정을 짓고 있었다.

'아무리 그렇다고 해도 그런 행동을 정상으로 봐줄 수는 없지. 여자 친구가 생긴다고 다들 저렇게 되는 것도 아닐 텐데. 여자 친구가 사람을 저렇게 만든다고?'

민우는 여자 경험이 거의 전무하다시피 했기에 남녀 사이의 갈등에 대해서는 깊이 알지 못하고 있는 상태였다.

그래서인지 더욱 켐프의 태도가 이해가 되지 않고 있었다.

그렇게 대화를 나누던 사이 더그아웃을 지나 그라운드로 나선 민우가 순간 입을 쩍 벌렸다.

"와아······."

눈앞으로 펼쳐진 다저스타디움의 그라운드는 꽤나 장관이었다.

관중석에서 내려다보는 것과, 그라운드에 발을 내딛고 올려다보는 것은 또 다른 느낌이었다.

마이너리그에서는 끽해야 2층이 전부였던 내야 관중석은 4층까지 자리를 잡고 있어 마치 거대한 빌딩을 보는 느낌이었다.

위로만 넓은 것이 아니라 양옆으로 쭉 이어져 있는 관중석은 마치 덮쳐오는 파도를 연상케 했다.

저 관중석에 다저스의 팬들이 하나 가득 들어찬다고 생각을 하니 온몸에 전율이 일었다.

'경기가 시작하면 그 모습을 내 눈으로 볼 수 있겠지?'

그런 생각을 하자, 다시금 가슴이 두근거리는 것이 느껴졌다.

자신을 향해 수만의 팬이 내지르는 환호성을 듣고 싶었다.

"민우, 코치님들이랑 감독님 오셨어."

젠슨의 부름에 민우가 관중석에서 시선을 돌렸다.

그라운드에 선수들이 모두 모이자 곧 코칭스태프로 보이는 이들이 나타났다.

그리고 그 사이로 나이가 꽤나 지긋해 보이는 사람이 민우의 눈에 띄었다.

"저기 저분이 토리 감독님이셔."

젠슨의 말에 민우가 고개를 끄덕거렸다.

얼굴 가득한 주름이 그의 지난 세월을 말해주고 있었고, 무뚝뚝해 보이는 얼굴에 선글라스 너머로 보이는 날카로운 눈빛은 얼핏 매서워 보이기까지 했다.

'선수의 본분만 지키면 문제는 없다, 이 말이지?'

민우로서는 지금껏 해온 것처럼만 한다면 큰 문제는 없을 것이었다.

"오늘부터 훈련에 합류하기로 한 선수들은 어디 있지?"

토리 감독이 말을 꺼내며 선수단을 둘러봤다.

그 모습에 민우와 젠슨이 한 발 앞으로 나서며 인사를 건넸다.

"강민우라고 합니다."

"감독님, 젠슨입니다."

그 모습에 토리 감독이 둘의 얼굴을 확인하고는 가볍게 고개를 끄덕이고는 곧 다른 곳으로 시선을 돌리는 모습을 보였다.

"어서 와라. 메이저리그에 올라온 걸 축하한다. 개인적인 면담은 경기가 끝나고 하도록 할 테니 그리 알고 훈련에 임하도록 해라. 블레이크."

"예."

"네가 이들이 헤매지 않도록 잘 이끌어줘라."

"예. 걱정하지 마십시오."

블레이크는 믿음직스러운 표정으로 고개를 끄덕거렸다.

토리 감독은 오늘 경기에 더 집중하려는 듯, 경기에 출전하지 못하는 민우와 젠슨에 대한 관심을 경기 이후로 미루는 모습이었다.

대형 계약을 맺은 선수였다면 입단식부터 시작해서 많은 일이 있었겠지만, 민우와 젠슨은 마이너리그에서 로스터 확장으로 합류한 후보 선수에 불과했기에 간단한 인사를 제외하고는 특별한 소개나 특별 대우라고 할 것이 없었다.

사실 계약 조건이 아니었다면 9월 중 언제든 다시 마이너리그로 내려가도 이상할 것이 없었다.

감독이 우선순위에서 민우와 젠슨을 뒤로 미뤄두는 것은 어찌 보면 당연한 일이었다.

하지만 그런 것에 대한 불만은 전혀 없었다.

오히려 메이저리그로 올라올 수 있는 것만으로도 감사했다.

스스로의 가치는 실력으로 증명하면 그만이었다.

곧, 선수단과 가볍게 인사를 나눈 토리 감독과 코칭스태프들이 오늘 경기에 대해 간략하게 미팅을 하고는 곧장 훈련에 돌입했다.

마이너리그와 달리 메이저리그에는 코칭스태프의 숫자가 꽤 많은 편이었다.

마이너리그에는 없던 불펜 코치나 벤치 코치 등의 보직도 존재하고 있었다.

그래서인지 훈련도 타자와 투수 정도로 간단히 나누던 마이너리그와 달리 체계적으로 이루어지고 있었다.

스트레칭과 러닝으로 시작된 워밍업이 빠르게 끝이 나고 곧장 훈련이 진행되기 시작했다.

민우는 타자 2조에 속해 외야 펑고로 첫 스타트를 끊은 상태였다.

외야 수비 위치에 서 있던 민우는 복잡하게 이루어지는 훈련 모습을 뚫어져라 바라보고 있었다.

따악!

배팅케이지에서 쏘아진 총알 같은 타구가 우익수 방면으로 날아가는 모습이 보이고 얼마 뒤.

따악!

뒤이어 아주 약간의 시간 차를 두고 쏘아진 펑고 타구가 3루 방면으로 향하는 모습을 보고는 신기한 표정을 짓고 있었다.

'타구가 한 번도 겹치지 않네.'

훈련은 각 타자별로 조를 나누어 프리배팅부터 펑고, 주루 플레이까지 다양하게 진행이 되고 있었는데, 프리배팅으로 날아가는 타구와 펑고 타구가 겹치지 않도록 조절하는 코치들의 호흡이 꽤나 인상적이었다.

마이너리그에서는 코치진의 숫자가 턱없이 부족했기에 이렇게 한 번에 여러 가지 훈련을 동시에 진행하는 것은 불가능했기에 더욱 신기하게 느껴지고 있었다.

거기에 다저스의 코치들은 어떤 선수에게 펑고를 날려 보내겠다고 따로 알려주지 않고 있었다.

그 말은 선수들이 집중력을 잃는 순간, 타구에 맞아 부상을 당할 수도 있다는 뜻이었다.

그럼에도 불구하고 타구가 겹치지 않고 있다는 것은, 코치진도 이 과정에 굉장히 집중하고 있다는 뜻이기도 했다.

따악!

민우는 코치가 펑고를 날려 보냄과 동시에 눈앞으로 만들어진 화살표와 타구 라인을 확인하고는 낙구 지점을 향해 빠르게 달려 나갔다.

타다닷!

민우의 앞쪽으로 크게 쏠린 짧은 펑고였기에 한 번에 잡기에는 애매해 보였다.

실전이 아니었기에 놓치거나 원 바운드로 잡는다고 해도 무슨 소리를 들을 일은 없었다.

하지만 민우는 다리 근육을 더욱 조이며 거침없이 내달려 낙구 지점 근처에 도달했고, 곧 앞으로 몸을 던지며 글러브를 쭉 뻗었다.

팍!

촤아악!

손끝에서 가죽이 울리는 느낌과 동시에 글러브를 말아 쥔 민우가 몇 미터를 미끄러진 뒤 곧장 일어나 내야를 향해 공을 뿌렸다.

민우가 애매한 타구를 기어코 잡아내는 모습에 한쪽에 뭉쳐 있던 노장 좌익수 3인방이 감탄한 표정으로 고개를 끄덕였다.

"오오~ 긴장해서 버벅일 줄 알았는데, 좀 하는데?"

약간은 호리호리한 체격을 가진 포세드닉의 말에 그보다 키가 한 뼘 정도는 작아 보이는 존슨이 한 손으로 수염을 매만지며 고개를 끄덕였다.

"몸놀림이 예사롭지가 않아. 발도 빠르고 슬라이딩 타이밍도 좋고 말이야."

"우린 다 늙어서 골골대는데, 저 녀석은 팔팔하구나. 부럽다, 부러워."

금발에 짙은 눈썹이 인상적인 기븐스가 부러운 눈빛으로 민우를 쳐다보며 하는 말에 포세드닉과 존슨이 황당한 표정으로 기븐스를 바라봤다.

"이봐, 기븐스. 너 지금 우리 놀리는 거야? 너도 우리보다 한 살 어리다는 걸 잊지 말라고."

"에이, 뭘 그런 걸 따져. 서른 중반인 건 똑같은데. 안 그래?"

기븐스의 능청스러운 대답에 고개를 절레절레 저은 존슨이 돌연 의문을 표했다.

"그런데 쟤 포지션이 중견수잖아? 켐프가 부진하긴 하지만 아직 한창일 나이고, 우익수도 이디어가 당당히 지키고 있는데. 그럼 우리가 벤치로 밀려나는 건가?"

"뭐, 그러지 말라는 법은 없겠지. 내가 감독이면 팀의 미래에게 자리를 만들어주는 게 당연할 테니까. 아니면 켐프 녀석이 타격에 집중할 수 있도록 좌익수로 옮기고 저 녀석이 중견수를 볼 수도 있지 않을까?"

포세드닉의 개인적인 추측에 기븐스가 가볍게 고개를 저었다.

"글쎄. 켐프 녀석 자존심이 워낙에 세서 중견수 자리를 쉽게 포기할지 모르겠네."

"그것도 그렇지."

따악!

민우의 포지션을 놓고 다양한 추측을 내놓던 이들은 곧 좌측으로 날아오는 펑고를 쫓아 이리저리 움직이기 시작했고, 자연스레 민우에 대한 관심은 끊어졌다.

따악!

배팅케이지에서 경쾌한 타격음이 울려 퍼짐과 동시에 총알같이 쏘아진 타구가 쭉 뻗어가 외야 펜스를 때리고 튕겨 나왔다.

딱!

따악!

딱!

하지만 뒤이어 쏘아지는 타구는 둘에 하나는 내야 땅볼이
거나 크게 떠오르거나 하는 등의 문제점을 보이고 있었다.

그 모습을 지켜보는 매팅리 타격 코치는 무엇이 마음에 들
지 않는지 미간을 찌푸린 채 조곤조곤 문제점을 지적하고 있
었다.

"어깨가 너무 일찍 열리잖나."

"머리가 고정이 되질 않는다."

"몸이랑 팔이 따로 놀고 있다."

"공을 끝까지 봐야지!"

배팅케이지 안에 있던 켐프는 매팅리의 지적에도 계속해서
어깨에 힘이 들어가며 스윙이 조금씩 흔들리는 모습을 보이고
있었다.

그리고 민우는 자신의 차례를 기다리며 그 모습을 유심히
지켜보고 있었다.

'저건 완전 모 아니면 도 스윙인데? 파워나 배트 스피드는
좋지만 정확도가 너무 떨어져. 스위트 스폿에 제대로 맞는 것
도 많지 않고. 저 녀석이 지난해에 0.297에 홈런을 26개나 때
려냈다는 건가?'

왕년에 어떤 모습이었는지 몰라도 현재 민우의 눈에 보이는

켐프의 스윙으로는 홈런은 몰라도 타율은 현저히 떨어질 것으로 보였다.

따악!

켐프의 마지막 타구는 첫 번째 타구와 같이 라인드라이브의 궤적을 그리며 외야로 뻗어나갔다.

하지만 역시 펜스를 넘어가지 못한 채, 워닝 트랙 앞에 서 있던 투수 조에서 손쉽게 잡아내는 모습을 보였다.

7개의 배팅볼을 모두 때려낸 켐프는 고개를 절레절레 흔들며 배팅케이지에서 빠져나왔다.

"다음, 민우."

매팅리의 부름에 민우가 배팅케이지 안으로 들어서자, 켐프가 조용히 그 모습을 지켜보기 시작했다.

* * *

매팅리는 내심 민우의 타격에 기대를 하고 있었다.

'더블A에서 5할이 넘는 타율이라면, 보통은 절대로 불가능해. 거기에 두 달 동안 때려낸 홈런도 무려 29개라고 했지. 부상자 명단에 올라갔던 걸 생각하면 정말 대단한 기록이야.'

매팅리는 다저스의 타격 코치로서 이번 시즌을 평가하자면 한마디로 최악이라고 할 수 있었다.

타선의 중심을 이끌어줘야 할 켐프의 끝 모를 부진에 시즌 초반 맹타를 휘두르던 이디어는 부상 이후 부진을 거듭하다 이제야 겨우 제 모습을 되찾고 있었다.

거기에 화려한 타격을 뽐내야 할 좌익수는 매니의 이탈 이후 기븐스와 존슨, 그리고 포세드닉이 로테이션으로 나서고 있었지만 세 타자가 합쳐서 겨우 8개의 홈런을 때려내며 그 무게감이 부족한 상태였다.

거기에 주전 포수였던 마틴마저 부상으로 허덕이고 있었다. 그나마 뒤늦게 합류한 바라하스가 세 경기 연속 맹타를 때려낸 덕에 겨우 한숨을 놓고 있는 상태였다.

여기에 8개의 홈런을 때려냈던 유격수 퍼칼이 부상으로 빠지며 캐롤이 그 빈자리를 메우고 있었지만 그 파괴력은 퍼칼에 비해 현저히 떨어졌다.

한마디로 타선 전체의 평균 타율, 출루율, 장타율이 반토막이 난, 총체적 난국이라고 할 수 있었다.

그리고 타선의 붕괴의 결과는 내셔널리그 서부 지구 4위라는 초라한 성적으로 돌아오고 있었다.

그나마 투수진이 제 역할을 해주면서 꼴찌인 애리조나를 멀찍이 제쳐두고 2위 샌프란시스코를 5게임 차로 쫓고 있는 상황이었다.

이번 시즌을 끝으로 토리 감독의 뒤를 이어 감독에 내정된 상태였기에 매팅리의 머리는 복잡한 생각으로 가득 차 있었다.

이런 진퇴양난의 상황에 땜질식의 외부 영입이 아닌, 마이너리그에서 초특급 유망주가 올라온 것은 매팅리에게 한줄기 빛과도 같았다.

마이너리그에서 보여준 활약의 반만 보여준다고 해도 팀 타선의 무게감이 더해질 것이 분명했다.

뿐만 아니라 외야의 불안한 수비도 커버해 줄 수 있으리라는 생각도 있었다.

'그리고 당장 미래를 생각할 수 있다는 거지. 처음부터 많은 기대는 하지 않는다. 꾸준히만 성장한다면 중심 타선과 외야 수비의 든든한 축이 될 거야.'

그런 생각과 함께 민우를 바라본 매팅리의 미간이 살짝 좁아졌다.

민우가 배터 박스의 가장 앞쪽에 극단적으로 바짝 붙어 자리를 잡은 모습 때문이었다.

'그러고 보니 이 녀석, 마이너리그 때부터 배터 박스의 가장 앞쪽에 자리를 잡는다고 했지.'

매팅리가 민우의 스카우팅 리포트를 확인해 보았을 때 유독 눈에 띈 점이 바로 극단적인 배터 박스 포지션, 그리고 리그 수위권의 배트 스피드였다.

'배트 스피드엔 자신이 있다는 말이고, 한편으론 변화구에는 약하다는 거겠지. 마이너리그에서는 큰 문제를 보이지 않았지만, 메이저리그는 그 수준이 다르니까. 어느 정도인지는

실전에서 확인해 봐야겠군.'

곧, 생각을 마친 매팅리의 신호에 마운드 위에 서 있던 코치가 고개를 끄덕이고는 배팅볼을 뿌리기 시작했다.

슈우욱!

'마이너리그나 메이저리그나 배팅볼은 똑같네.'

당연한 것이겠지만 배팅볼은 배팅볼일 뿐이었다.

따아악!

가볍게 스트라이드를 내디딤과 동시에 벼락같이 돌아간 민우의 배트가 배팅볼을 쪼갤 듯이 때려냈다.

깨끗한 타격음에 배팅케이지 주변에서 몸을 풀거나, 잡담을 나누던 이들이 모두 외야로 뻗어나가는 타구를 바라보기 시작했다.

빠른 속도로 솟아오르던 타구는 외야 너머에서 천천히 하강을 시작했다.

그리고 잠시 뒤.

텅.

외야 관중석의 한가운데에 타구가 꽂히며 홈런임을 알려왔다.

그러자 주변에서 일순 왁자지껄한 소리가 들려오기 시작했다.

"오호. 민우! 처음부터 홈런 시위야?"

"펀치력이 끝내주는데? 저 녀석한테 장난치면 위험하겠어."

"이거 정말로 자리 보전하기 힘들겠는데? 하하하."

노장 좌익수 3인방이 장난스럽게 내뱉는 말에 주변 선수들도 하나같이 웃음을 보였다.

따악!

"오오~"

따악!

"우오~"

이후 남은 6개의 배팅볼을 외야로 하나하나 날려 보낼 때마다 계속해서 민우를 향해 장난스러운 환호성이 쏟아졌다.

총 7개의 배팅볼 중 5개를 더 펜스 너머로 날려 보내는 모습에 박수를 보내는 이들도 있었다.

멀찍이서 선수들의 훈련을 하나하나 체크하고 있던 토리 감독도 민우의 타격을 보고는 가볍게 고개를 끄덕이고 있었다.

'훈련에서만큼은 어떤 선수에게도 뒤지지 않는군. 마이너리그에서 활약을 했다는 게 거저 해낸 것은 아니라는 거지.'

토리 감독은 시선을 돌려 켐프를 바라보고는 미간을 살짝 찌푸렸다.

지난 시즌만 해도 켐브이피(켐프+MVP)라고 불릴 정도로 뛰어난 활약을 하며 실버 슬러거와 골드 글러브를 타내는 모습으로 토리 감독을 흡족하게 만든 켐프였다.

하지만 이번 시즌은 여자 문제로 정신이 팔려 완전히 퇴보

하는 모습을 보이며 토리의 골치를 아프게 하고 있었다.

시즌 성적이 곤두박질치고, 주전 선수들이 부상으로 허덕이고 있을 때 팀 타선을 이끌어주어야 할 켐프가 야구에 정신을 쏟지 않는 모습은 토리 감독의 인내심을 한계까지 밀어붙이고 있었다.

그러던 와중에 마이너리그에서 두각을 나타내는 중견수가 있다는 소식을 듣게 되었고, 40인 로스터 확장에 맞춰 승격을 시킨 것이었다.

'켐프가 나아지는 모습을 보이지 않는다면 민우를 선발 출장시켜 봐야겠어. 켐프 녀석에게 자극도 주고, 만약 민우가 맹활약을 해준다면 그것만큼 좋은 것도 없겠지.'

아직 실전에서 테스트를 해본 것이 아니었기에 섣불리 민우의 성적을 추측할 순 없었다.

하지만 마이너리그에서 만들어낸 성적들을 볼 때 기대가 되는 것은 사실이었다.

민우는 배팅케이지를 빠져나오자마자 노장 선수들에게 둘러싸여 웃음을 보이고 있었다.

그런 민우의 모습을 잠시 바라본 토리 감독은 9월의 라인업을 생각하며 자신의 감독 커리어의 유종의 미를 거두기 위한 준비를 하기 시작했다.

*   *   *

"와아……."

그라운드에서 관중석을 바라보는 민우의 입이 큼지막하게 벌어졌다.

민우는 다저스타디움의 내야석 1층부터 4층까지, 그리고 외야석까지 온통 푸르고 하얀 물결로 채워져 있는 모습에서 엄청난 압도감을 느끼고 있었다.

관중석에서 내려다보던 광경과 빈 관중석을 바라보던 것과는 차원이 다른 느낌이었다.

수만의 시선이 그라운드에 서 있는 선수들을 거쳐 자신에게 향하고 있는 것만 같았다.

메이저리그가 꿈의 무대라고 불리는 이유 중의 하나가 바로 이런 장대한 모습 때문일 거라는 생각이 들었다.

그리고 바로 지금, 그 꿈의 무대에 서 있는 일원이 되었다는 생각이 들자 가슴속에서 무언가 꿈틀대는 것이 느껴졌다.

하루라도 빨리 경기에 나서고 싶었다.

민우의 얼굴이 흥분으로 물드는 듯 보이자 민우의 바로 옆에 서 있던 블레이크가 그 어깨를 툭 치며 웃어 보였다.

"다저스타디움의 진정한 모습을 보게 된 기분이 어때?"

블레이크의 물음에 민우가 상기된 표정으로 미소를 지어 보였다.

"이곳에 영원히 머물고 싶어졌습니다."

"후후. 좋은 대답이야. 그래, 저들이 네 이름을 기억하고 네 팬이 될 수 있도록 내일부터 멋진 모습을 보여주라고."

툭툭.

블레이크는 민우에게 자신감을 불어넣어 주고는 어깨를 가볍게 두드리며 시선을 앞으로 돌렸다.

민우는 그런 블레이크의 옆모습을 잠시 바라보다가 천천히 고개를 돌리며 또 하나의 목표를 세웠다.

'절대로 마이너리그로 돌아가지 않는다. 이곳에서도 날 필요로 하게 만들겠어.'

다짐과 함께 민우의 주먹이 꽉 쥐어졌다.

제4장

위기의 LA다저스, 찾아오는 기회

"플레이볼!"

주심의 경기 개시와 함께 필라델피아 필리스의 선공으로 필리스와의 홈 2차전이 시작되었다.

필라델피아 필리스는 현재 동부 지구 2위에 자리한 팀으로 플레이오프에 단골로 진출할 정도의 강팀이었다.

여기에 최근 3년 연속 지구 우승을 차지하며 엄청난 기세를 보이고 있는 팀이기도 했다.

올 시즌도 동부 지구 1위 팀인 애틀랜타 브레이브스를 3경기 차로 바싹 뒤쫓고 있는 상태였다.

플레이오프 진출을 위해 1승이 소중한 다저스의 팬들은 어제 경기의 승리에 이어 오늘도 필리스를 상대로 승리를 따내기를 간절히 바라고 있었다.

그리고 1회 말, 필리스 선발인 켄드릭을 상대로 먼저 1점을 따낼 때까지만 하더라도 다저스의 분위기는 좋아 보였다.

하지만 1사 만루 상황에서 블레이크가 결정적인 병살타를 때려내는 바람에 그 분위기에 찬물을 끼얹으며 추가 득점에 실패하고 말았다.

기회 뒤엔 언제나 위기가 찾아온다는 야구의 진리는 메이저리그에서도 변함이 없었다.

2회 초, 필리스 타선이 다저스 선발 모나스테리오스를 맹폭하며 3점을 따냈고, 3회 초에도 연속 안타를 터뜨리며 모나스테리오스를 흔들었다. 결국 모나스테리오스는 아웃 카운트를 하나도 잡지 못한 채 마운드를 내려가고 말았다.

이후 바뀐 투수 트론코소에게 하워드가 큼지막한 스리런 홈런을 뽑아내며 스코어를 1 대 6으로 크게 벌렸고, 이 홈런 한 방으로 인해 경기의 분위기는 필리스에게 완전히 넘어가 버리고 말았다.

팀이 초반부터 큰 점수 차로 지고 있기 때문일까.

더그아웃의 분위기는 그리 좋지 않았다.

"더그아웃에서 선수들이 뛰는 걸 보고만 있는 게 이렇게 답답한 거였나."

식스티 식서스와 채터누가의 타선을 이끌었던 기억 때문일까.

민우는 한시라도 빨리 경기에 나서서 위기에 빠진 팀에 한 손을 보태고 싶은 마음이 가득했다.

민우가 무심코 입 밖으로 내뱉은 푸념에 나란히 앉아 있던 빌링슬리가 피식 웃어 보였다.

"민우. 너무 조급해하지 마. 조급함은 언제나 화를 부른다고. 그리고 벤치 워머의 역할은 처음 메이저리그에 오는 선수들은 누구나 겪는 일이니까. 여긴 네가 주전으로 뛰던 마이너리그가 아니라고. 여긴 너처럼 마이너리그에서 최고라고 불리던 녀석들이 수두룩한 곳이라는 걸 잊은 건 아니겠지?"

최고들이 모인 곳.

그 말은 민우의 가슴을 빠르게 뛰게 만들면서 한편으론 냉정을 되찾게 해주고 있었다.

민우 역시 마이너리그에서만큼은 그 누구보다도 뛰어난 성적을 올리며 이름을 떨치던 선수였다.

하지만 빌링슬리는 메이저리그는 한 선수, 한 선수가 바로 마이너리그에서 위용을 떨치던 선수들이라는 점을 상기시켜주고 있었다.

민우가 해야 할 일은 메이저리그의 25인 로스터에 들어가기 위해 마이너리그에서처럼 뛰어난 활약을 보여주는 것뿐이었다.

"어색하지만 앞으로 적응해야 할 거야. 네가 토리 감독님의 눈에 들기 전까지는 그라운드보다는 더그아웃을 달구는 일이 더 많을 테니까. 하지만 네가 저들보다 뛰어나다는 걸 증명하면 그때부턴 더그아웃의 벤치를 달구는 일은 네가 아니라 저기 나가 있는 녀석들이 대신하겠지. 그러니 초조함 대신 투지를 끌어 올리라고. 기회가 왔을 때 터뜨릴 수 있게 말이야."

빌링슬리의 조언에 민우는 가만히 고개를 끄덕였다.

'틀린 말이 아니다. 지금 나에게 온 기회를 놓쳐선 안 될 거야.'

한편으론 고마운 마음이 들었다.

블레이크도, 빌링슬리도, 이제 갓 메이저리그에 합류한 민우가 어려움을 겪지 않게, 오버페이스를 하지 않게 조언을 아끼지 않고 있었다.

"고마워. 네 말대로야. 내가 초조해한다고 경기에 출전할 수 있는 것도 아니고, 잘할 수 있는 것도 아닐 테니까. 명심해 둘게."

"그래. 나중에 내 선발 경기에 마이너리그에서처럼 큼지막한 홈런 하나 날려주면 좋고."

빌링슬리는 가벼운 농담으로 분위기를 환기시켰고, 그 모습에 민우가 피식 웃어 보였다.

이날 경기는 다저스가 6회까지 3점을 보태며 필리스를 턱끝까지 따라붙었지만 7회 초, 필리스의 루이즈가 2타점 적시타를 때려내며 승기를 확정 지었다.

켐프는 이날 경기에서 4타수 1안타를 때려내며 겨우 체면 치레를 하는 모습을 보였다.

경기가 끝난 뒤, LA타임즈를 비롯한 각종 신문에선 다저스의 패배 소식과 함께 짤막하게 새로운 얼굴들을 소개했다.

〈다저스 1승 뒤 1패. 플레이오프 희망 사그라지나…….〉
〈마이너리그 특급 강민우, 40인 로스터 합류.〉
〈켐프의 끝 모를 부진… 토리 감독의 선택은 슈퍼 루키, 강민우에게로 향할 것인가.〉

기사를 본 팬들은 마이너리그에서 엄청난 활약을 보인 민우의 기록을 다시금 확인하고는 다양한 경우의 수를 내놓으며 민우의 활약, 다저스의 플레이오프 진출 등을 희망하는 모습을 보였다.

*　　　*　　　*

다저스타디움 사무실 한편에 자리한 감독실.
책상 위엔 토리 감독의 명패 뒤로 여러 가지 서류가 펼쳐져 있었다.

토리 감독은 고심에 찬 표정으로 그 서류들을 하나하나 살피고 있었다.

똑똑.

문을 두드리는 소리에 고개를 들어보니 문 밖에 민우가 서 있는 모습이 보였다.

토리 감독이 들어오라는 손짓을 보이자 곧 민우가 안으로 들어섰다.

의자에서 일어난 토리 감독은 곧장 서류 뭉치를 들고는 사무실 가운데 놓인 소파로 자리를 옮기며 한쪽을 가리켰다.

"어서 와라. 거기 앉지."

"예."

가볍게 고개를 숙인 민우가 천천히 자리에 앉자 토리 감독이 옅게 웃으며 민우를 바라봤다.

"정식으로 인사하지. LA다저스의 감독을 맡고 있는 조 토리다. 만나서 반갑군."

토리 감독은 소개와 함께 불쑥 손을 내밀었다.

그 모습에 민우가 곧장 허리를 살짝 숙이며 손을 마주 내밀며 그 손을 맞잡았다.

"아, 예. 강민우입니다. 메이저리그에 올라와 토리 감독님을 뵙게 되어 영광입니다."

"허허. 영광이라. 그래. 기왕 올라왔으니 마이너리그로 돌아가기보다는 이곳에 남는 게 좋겠지?"

토리 감독의 물음에 민우가 말없이 어색하게 웃어 보였다.

토리 감독은 곧 테이블에 놓인 서류로 시선을 돌렸고, 곧 '흐음' 하는 소리를 내며 서류를 하나하나 살피기 시작했다.

그 모습을 바라보던 민우는 처음 보았을 때의 냉철해 보이던 표정과 매치가 되지 않는 토리 감독의 소탈해 보이는 모습에 고개를 갸웃거리고 있었다.

토리 감독의 얼굴에선 경기 전의 무뚝뚝한 표정과 날카로운 눈빛은 전혀 찾아볼 수 없었다.

'경기 전이랑 완전 딴판인데. 지금은 약간 옆집 할아버지 같은 느낌이 드는걸. 원래 이런 분이신 건가?'

민우로서는 토리 감독을 이제 갓 만나본 것이었기에 제대로 된 판단을 하기에는 부족함이 있었다.

그저 단편적인 모습만 보고 판단한다면 토리 감독은 공과 사를 철저히 구분하는 사람으로 보였다.

경기 전에는 냉철했지만, 경기가 끝난 뒤 개인 면담에서는 소탈한 모습을 보이고 있었기 때문이다.

민우의 뇌리에 돌연 젠슨의 이야기가 떠올랐다.

'분명 선수의 본분을 지키는 이에게는 절대 나쁜 감독이 아니라고 했었지. 그건 감독님 본인이 그런 성향이기 때문인 걸까?'

민우가 그런 생각에 빠진 사이, 토리 감독이 천천히 고개를 들고는 웃음기를 지운 진지한 표정으로 민우를 바라봤다.

"어렸을 적에 큰 부상을 당했다고 되어 있던데, 야구를 그만두게 된 것을 보면 꽤나 심각한 부상이었나 보군? 지금은 아무런 문제가 없는 건가?"

질문을 던지는 토리 감독의 목소리에는 여러 가지 복잡한 감정이 담겨 있는 듯 느껴졌다.

그리고 그런 감정에는 민우를 향한 걱정스러움도 묻어나고 있었다.

계속해서 첫인상과는 다른 모습을 보이는 토리 감독의 모습에 민우는 다시금 약간의 어색함을 느끼고 있었다.

마이너리그 진출 이후, 자신의 옛이야기에 크게 관심을 가지는 이가 없었기에 더욱 그러했다.

'으음. 내 몸 상태를 걱정해 주시는 건가?'

분명 토리 감독이 확인한 민우의 자료에는 메디컬 테스트에 대한 자료도 포함이 되어 있을 것이 분명했다.

그럼에도 상세한 내용을 선수 본인에게 직접 확인하는 토리 감독의 모습은 민우에게 꽤나 인상적으로 다가오고 있었다.

"예. 심각한 부상이었지만, 다행히도 지금 보시는 것처럼 건강하게 야구 선수로 뛸 수 있게 되었습니다."

민우가 아무렇지 않는다는 듯, 가볍게 미소를 지으며 대답을 하는 모습을 보였다.

그 모습에 토리 감독도 옅게 웃어 보이며 고개를 끄덕거렸다.

"그래. 어릴 적에 그런 큰 고통을 겪었으면 꽤나 힘들었을 텐데도 이렇게 한 명의 선수로 잘 성장한 모습을 보니 정말 다행이라는 생각이 드는군. 앞으로도 그런 의지를 잃지 않도록 한다면 더 큰 위기도 헤쳐 나갈 수 있을 거다."

"예."

토리 감독의 이야기에 민우가 미소를 지으며 고개를 끄덕였다.

이후 토리 감독과의 대화는 계속해서 이어졌다.

가족 관계는 어떤지, 한국에서의 학교생활은 어땠는지, 야구를 왜 다시 하게 된 건지, 미국까지 와서 야구를 하겠다고 결정하게 된 계기는 무엇인지 등의 형식적인 물음들이 이어졌다.

처음과 달리 대화가 이어질 때마다 민우는 조금씩 의문을 드러내고 있었다.

'원래 메이저리그에서는 이런 개인적인 사안들을 물어보는 건가?'

하지만 자신을 향한 토리 감독의 눈빛, 표정, 말투에서 마치 할아버지가 손주에게 안부를 묻는 듯한 느낌이 들자 곧 그런 의아한 생각이 지워지고 있었다.

'희한하단 말이지. 진심으로 나에 대해서 알고 싶다는 듯한 모습 같기도 하고.'

토리의 관심은 마치 선수라는 틀에서 벗어나 민우라는 인간을 이해하려는 듯한 모습처럼 보이고 있었다.

'궁금한 게 많은 표정이군.'

토리 감독은 시시각각 변하는 민우의 표정을 이미 눈치채고 있는 상태였다.

'내가 왜 이런 질문들을 하는 건지도 궁금하겠지.'

토리 감독이 갓 합류한 선수에게 이런 질문을 건네는 이유는 간단했다.

'스카우팅 리포트가 이 녀석의 모든 것을 알려주지는 않는다.'

토리 감독의 이런 질문들은 지극히 평범해 보이면서도 선수에 대해서 세세한 부분까지 생각하고 이해할 수 있는 하나의 방법이었다.

이런 질문을 통해 선수와 소통을 하며 그 인성을 보고, 그 잠재력이 어느 정도인지 나름대로의 판단을 내리고 그에 맞게 나아가야 할 길을 제시하기 위한 노력의 일환이기도 했다.

토리 감독은 선수와의 대화를 통해 개개인의 숨겨진 모습들을 알 수 있고, 선수 개개인의 잠재력을 이끌어낼 수 있다고 믿고 있었다.

'그리고 실제 경기에서는 어떤 모습을 보이는지도 확인해야겠지.'

야구는 혼자서 하는 것이 아니라는 것은 누구나 아는 사실이다.

이 말은 곧 개개인의 실력도 중요하지만 이타적인 모습도 필요하다는 의미였다.

이타심이 부족한 이들은 팀을 위한 플레이가 아닌 개인을 위한 플레이를 하는 모습을 보이는 경우가 왕왕 있다.

그리고 그것이 만약 좋지 않은 결과로 이어졌을 때, 팀과 동료들이 받는 충격은 꽤나 크게 다가왔다.

'그런 일이 일어나지 않도록 하는 것이 내 임무이기도 하지.'

만약 어떤 선수에게 이타적인 모습이 부족하다면 토리 감독은 이런 심도 깊은 대화를 통해 그 선수에게 이타심의 필요성을 인지시켜 주고 그 역할에 대해 다시금 생각할 수 있게 했다.

그리고 이런 노력으로 선수 개개인을 넘어 팀의 응집력을 보다 강화시키는 결과로 이끌었다.

토리 감독은 그런 생각과 함께 민우와 계속해서 대화를 이어갔다.

많은 대화가 오간 뒤, 토리 감독은 곧 민우에게 하나의 질문을 던졌다.

"지금껏 오로지 중견수로만 뛰어왔다고 나와 있더군. 만약 중견수 대신 당장 좌익수나 우익수를 맡으라고 한다면 어떻게 할 생각이지? 포지션 변경을 받아들일 건가?"

토리 감독의 물음에 민우의 표정이 흔들렸다.

'포지션 변경?'

지금껏 단 한 번도 중견수 이외의 포지션에서 뛰어본 적이 없었던 민우였다.

민우의 머리가 빠르게 돌아가기 시작했다.

'만약 켐프가 내년에도 25인 로스터에 남는다면 내 자리가 없을 수도 있다는 말인가? 아니면 말 그대로 나를 좌익수로 기용할 생각이라는 건가?'

생각해 보면 불가능한 것은 아니었다.

생소한 포지션이긴 하지만 중견수에 비해 수비 범위도 좁고, 수비 부담 자체가 적은 포지션이 좌익수 포지션이었다.

거기다 레이더 특성이 적용되고 있기에 타구 판단에 큰 어려움은 없으리라는 판단이 섰다.

생각을 마친 민우가 곧 굳은 표정으로 고개를 끄덕였다.

"개인적으로는 여태껏 맡아왔던 중견수 자리가 탐이 납니다."

민우가 눈을 빛내며 하는 이야기에 토리 감독이 무표정한 얼굴을 한 채 속으로 고개를 끄덕이며 생각을 이어갔다.

'역시. 자신이 가장 자신 있는 포지션에서 뛰는 것이 탐이 나겠지. 과욕이 아니라면 욕심도 나쁜 것은 아니니까.'

"하지만 제 개인적인 욕심만을 채우기 위해 고집을 부릴 생각은 없습니다. 비록 경험은 부족하지만 어느 포지션이라도 맡겨주신다면 최선을 다해 적응하고 숙달시키도록 하겠습니다."

뒤이어 나온 대답이 꽤나 상투적이었음에도 토리의 입가에는 옅은 미소가 지어졌다.

민우의 빛나는 눈빛이 욕심이 아닌 의지의 발현이라는 것을 느꼈기 때문이었다.

곧 가볍게 고개를 끄덕거린 토리 감독이 천천히 입을 열었다.

"나는 선수를 연봉에 따라 주전으로 기용하는 어리석은 짓은 하지 않는다. 진정 팀에 도움이 되는 선수를 기용하지. 이게 무슨 뜻인 줄 아나?"

토리의 질문에 민우의 뇌리에 순간 켐프의 얼굴이 스쳐 지나갔다.

'선수의 본분.'

대답을 바라고 질문을 건넨 것이 아니라는 듯, 토리 감독은 곧장 못다 한 말을 이어갔다.

"기회는 누구에게나 공평하게 제공한다는 말이다. 다만 그 기회를 잡는 것은 선수 스스로에게 달려 있지. 네가 선발 라인업에 들어갈 수준이라고 판단된다면, 나는 얼마든지 너의 자리를 만들어줄 것이다. 그것이 내년이면 공석이 될 좌익수든 이미 임자가 있는 중견수든 말이다."

토리 감독의 의미심장한 말에 민우가 잠시 놀란 표정을 지어 보였다.

'이건… 내가 어떻게 하느냐에 따라 주전 중견수를 맡는 선수가 바뀔 수도 있다는 말이잖아!'

토리 감독의 말에는 그런 의미가 담겨 있는 듯했다.

'후. 처음부터 그랬지만… 복잡할 것 없어. 선수가 해야 할 일은 하나뿐이다.'

민우는 곧 굳은 표정으로 고개를 끄덕였다.

"기회를 주신다면 제 가치를 분명하게 증명해 보이도록 하겠습니다."

민우의 투지 넘치는 눈빛을 잠시 바라보던 토리 감독이 곧 고개를 끄덕이며 자리에서 일어섰다.

"지켜보지. 이만 나가봐라."

토리의 말에 곧장 자리에서 일어난 민우가 고개를 가볍게 숙여 보였다.

"예. 내일 뵙겠습니다."

곧 민우가 감독실을 빠져나가자 토리 감독이 책상 위에 놓인 다른 서류를 체크하기 시작했다.

약간의 시간이 흐른 뒤.

똑똑.

문을 두드리는 소리에 고개를 들어보니 켐프가 굳은 표정으로 서 있는 모습이 보였다.

　　　　　*　　　　　*　　　　　*

　8월의 마지막 날이 지나가고, 9월에 들어서며 공식적으로 확장 로스터가 적용되었다.

　드디어 공식적으로 경기에 참여할 자격이 생겼다는 사실에 민우는 조금 들뜬 기분이었다.

　'뭐, 감독님이 기회를 주셔야 가능하지만. 어제 그렇게 말씀하셨다는 건… 조만간에 메이저리그 데뷔 기회가 온다는 말이겠지.'

　함께 메이저리그로 승격한 젠슨은 자신이 기분이 좋다는 것을 모두에게 알리고 싶다는 듯, 하얀 이를 드러낸 채 입가의 미소를 지우지 않고 있었다.

　동료들은 멍한 표정으로 웃고 있는 젠슨의 모습을 보며 일부는 이해가 된다는 표정을, 일부는 입을 가리고 큭큭거리며 웃어 보이고 있었다.

　그 모습을 잠시 바라보던 민우는 어제 미처 확인하지 못했던 백스톱까지의 거리와 백스톱의 재질 등을 확인하며 고개를 끄덕이고 있었다.

　'홈 플레이트에서 백스톱까지 17미터라고 하더니, 확실히 깊다. 이건 뭐로 만든 건지는 모르겠지만 공이 쉽게 튀어나오지는 않는 재질인 건 분명하고. 이 정도면 낫아웃 출루도 마냥 불가능한 건 아니겠어. 홈 쇄도도 훨씬 수월할 테고. 좋아.'

그리고 그 모습은 토리 감독을 기다리며 선수들을 바라보고 있던 매팅리 코치의 눈에도 띄었다.

'경기장 상태를 체크하고 있는 건가?'

민우는 백스톱으로 다가가 이리저리 살피고 매만지고는 곧 시선을 돌려 바람의 방향을 체크하는 듯, 잔디를 뽑아 손에서 놓아보고는 곧 게양대를 바라보고 있었다.

그 모습을 본 매팅리 코치가 마음에 드는 듯 미소를 지은 채 민우를 바라봤다.

'언제 출전할지 모르는 상태인데도 철저하게 준비를 하는 군. 부지런한 녀석이야. 마음에 들어.'

선수라면 무릇 구단에서 제공해 주는 자료에만 의존해서는 안 됐다.

매팅리는 선수들이 자료를 보는 것에서 그치지 않고 손수 발로 뛰며 경기장의 상태며 그날의 날씨 등을 체크하는 것이 필요하다는 생각을 하고 있었다.

하지만 그런 모습을 보이는 선수는 몇 되질 않았기에 매팅리가 호감을 보이고 있는 것이기도 했다.

"감독님 오셨습니다."

잠시 그 모습을 바라보고 있던 매팅리는 옆에서 들려오는 코치의 목소리에 고개를 가볍게 끄덕였다.

"미팅을 시작한다."

9월의 첫 번째 경기이자 필라델피아 필리스와의 홈 3연전의 마지막 경기가 시작되었다.

이날 경기는 다저스 부동의 주전 중견수인 켐프가 선발 라인업에 이름을 올렸다.

민우는 켐프가 경기를 뛰는 모습을 약간은 답답한 듯이 바라보며 더그아웃의 벤치를 덥히고 있었다.

제5장

짜릿한 메이저리그 데뷔전

　오늘 경기에서 다저스의 선발투수로 나선 이는 다저스의 차세대 1선발로 꼽히는 풀타임 2년 차 좌완 영건, 커쇼였다.

　커쇼는 지난 시즌까지만 하더라도 패스트볼에 세컨드 피치로 커브볼을 구사하는 투구를 보였었다.

　하지만 올 시즌 들어서는 70마일 초중반대로 떨어뜨리는 커브의 구사 비율을 줄이고 대신 80마일 초반대의, 좀 더 날카롭게 종으로 꺾이는 슬라이더의 비율을 높이며 탈삼진 비율이 작년보다 더욱 높아진 모습을 보이고 있었다.

　그의 단점이라면 경기 초반 마운드 운영을 어렵게 가져간다는 것이었는데, 시즌 피홈런 12개의 반 이상인 7개를 1, 2회에 허용하며 긴 이닝을 소화하는데 걸림돌이 되고 있었다.

그리고 오늘 경기에서도 그런 문제점을 드러내며 초반 운영을 어렵게 가져가고 있었다.

1회 초, 커쇼가 초구로 선택한 포심 패스트볼이 스트라이크 존을 벗어나며 볼카운트는 1볼 노 스트라이크의 상황이 되었다.

이후 빠르게 사인을 교환한 커쇼가 천천히 글러브를 얼굴 앞으로 들어 올리며 천천히 몸을 틀었다.

슈우욱!

커쇼가 특유의 하이 키킹으로 시작되는 역동적인 투구 폼으로 다시 한 번 강하게 공을 뿌렸다.

하지만 커쇼의 포심 패스트볼은 제구가 되지 않은 듯, 너무나도 정직하게 스트라이크존의 한가운데로 향해 날아갔다.

공을 뿌린 커쇼의 눈이 크게 떠지는 순간, 마치 그 공을 노리고 있었다는 듯 필리스의 1번 타자, 롤린스의 배트가 부드럽게 돌아가며 그 공을 걷어 올렸다.

따아악!

아주 깨끗한 타격음과 함께 좌측 외야를 가르며 날아가는 타구에 커쇼가 허망한 표정으로 그 모습을 바라보고 있었다.

―쳤습니다! 크게 떠오른 타구는 좌익수 방면으로 깊이 날

아갑니다! 좌익수가 워닝 트랙까지 쫓아갑니다만… 펜스를 넘어갑니다! 롤린스의 리드오프 홈런이 터져 나옵니다! 이 홈런으로 필리스가 먼저 1점을 앞서 나갑니다!

좌익수인 포세드닉이 타구를 눈으로 쫓으며 급히 펜스를 향해 달려갔지만, 롤린스의 타구는 펜스를 아슬아슬하게 넘어갔고, 외야석에서 타구를 받을 준비를 하고 있던 다저스 팬의 손으로 들어가고 말았다.

필리스의 깔끔한 리드오프 홈런이었다.

커쇼는 펜스를 살짝 넘어가는 타구를 바라보고는 살짝 인상을 쓴 채, 홀로 무언가를 중얼거리며 로진백을 매만지는 모습을 보였다.

민우는 포세드닉의 수비를 바라보며 조금은 아쉬운 표정을 지어 보이고 있었다.

펜스의 높이가 그리 높은 편은 아니었기에 조금만 빠르게 반응을 했더라면 충분히 걷어낼 수 있는 타구로 보였기 때문이었다.

'포세드닉의 타구 판단이 너무 느렸어.'

노장의 경험을 무시할 수는 없었지만, 그만큼 신체적인 능력이나 반응 속도가 떨어지는 것은 어찌할 수 없는 일이었다.

포세드닉은 타구가 하늘로 떠오른 뒤에야 뒤늦게 타구를 쫓아 움직이기 시작했다.

결국 그 때문에 펜스에 도달하지 못하고 타구가 펜스를 넘어가는 것을 바라봐야 했다.

민우는 만약 자신이 저 자리에 있었다면 어땠을까 하는 생각이 잠시 들었지만 이내 고개를 가볍게 저었다.

'섣불리 추측하지 말자. 포세드닉도 생각이 있었겠지. 여긴 다저스타디움이니까.'

다저스타디움은 흔히들 투수 친화적인 구장으로 알려져 있었다.

센터 펜스의 가장 깊은 곳까지의 거리가 395피트(120m)에 불과했고 양쪽 폴대까지의 거리도 각각 330피트(100m)였기 때문이다.

하지만 이것만으로 투수 친화적인 구장이라고 불리는 것이 아니었다.

다저스타디움은 구릉을 깎고 그 위에 지은 구장이기에 밤이 되면 습기를 머금은 공이 하강기류의 영향을 받아서 낮보다 멀리 뻗지 못하게 된다.

하지만 반대로 낮 경기에는 상승기류를 타고 밤 경기보다 타구가 더 뻗어나가는 모습을 보였다.

메이저리그의 경기는 밤에 치러지는 것이 보통이었고, 주말 경기나 연전의 마지막 경기가 낮에 치러지는 경우가 있었기 때문에 이런 별명을 얻게 된 것이었다.

포세드닉은 스스로 타구를 쫓는 것이 늦은 것을 알았을 것이다. 하지만 롤린스의 타구가 펜스를 넘어가기에 부족한 타구라고 판단하고 펜스 상단을 때리고 튕겨 나올 타구를 잡을 생각이었는지도 몰랐다.

그렇게 생각한다고 해서 아쉬움이 없어지는 것은 아니었지만 마운드 위의 커쇼가 홈런을 맞은 것을 훌훌 털어버리고 이후 좋은 투구를 보이길 바랄 뿐이었다.

민우가 그렇게 생각을 하는 사이 타석에는 필리스의 2번 타자인 어틀리가 들어서고 있었다.

어틀리는 뛰어난 2루 수비에 2루수로서는 흔치 않은 강력한 펀치력까지 겸비한 선수였다.

08시즌부터 2년 연속 30홈런을 때려내며 그 누구도 자신을 쉽게 보지 못하게 만들고 있는 어틀리였다.

하지만 올 시즌에는 현재까지 11개의 홈런에 그치고 있었고 8월 한 달간 2할의 타율을 기록하며 상당히 부진한 모습을 보이고 있었다.

커쇼는 어틀리를 상대로 초구와 2구로 포심 패스트볼을 꽂아 넣었지만, 종전의 홈런의 영향 때문인지 제구가 흔들리며 바깥쪽과 안쪽을 넘나드는 모습을 보였다.

이후 3구째 패스트볼을 스트라이크존의 한가운데로 과감하게 꽂아 넣었는데 어틀리의 배트가 크게 밀리며 백스톱을 강타하는 파울이 되고 말았다.

그 모습에 커쇼는 다시 한 번 과감하게 스트라이크존을 공략하는 모습을 보였다.

커쇼는 4구째 포심 패스트볼을 바깥쪽 낮은 코스로 정확히 꽂아 넣으며 어틀리를 꼼짝 못하게 만들었다.

어느새 볼카운트는 2볼 노 스트라이크에서 2볼 2스트라이크로 바뀌며 투수의 우위로 바뀌어 있었다.

그 과감한 투구에 민우는 약간 놀란 눈빛을 보이며 커쇼를 바라봤다.

'지금까지 공 6개를 모두 포심 패스트볼로 던지고 있어. 분명 구속은 90마일 초반에서 형성되고 있는데도 어틀리가 밀리고 있다는 건… 그만큼 구위가 좋다는 말일 테지.'

민우는 만약 자신이 타석에 들어선다면 커쇼의 공을 칠 수 있을지 궁금해졌다.

마이너리그에서 97마일짜리 공도 때려냈던 민우였기에 메이저리거의 공을 때려보고 싶은 욕구는 더욱 커지고 있었다.

민우가 생각에 잠긴 사이, 커쇼는 다시 한 번 바깥쪽 낮은 코스로 포심 패스트볼 뿌렸다.

그와 동시에 어틀리가 특유의 간결한 스트라이드를 내디디며 벼락같이 배트를 내돌렸다.

커쇼의 패스트볼과 어틀리의 배트가 홈 플레이트 위에서 교차되는 순간.

따악!

약간은 둔탁한 타격음이 들려오며 어틀리가 커쇼의 구위에 다시 한 번 밀렸음을 예상케 했다.

하지만 어틀리는 강한 손목 힘으로 타구를 강하게 걷어냈고 총알같이 쏘아진 타구는 낮은 라인드라이브의 궤적을 그리며 센터 방면으로 날아가고 있었다.

동시에 중견수인 켐프가 그 타구를 잡아내기 위해 내야 방면으로 빠르게 달려 내려오는 모습을 보였다.

민우는 조마조마한 심정으로 그 모습을 바라보고 있다가 돌연 눈을 크게 뜨고 말았다.

'어?'

켐프는 마치 슬라이딩을 할지, 바운드로 잡아낼지 고민하는 듯한 몸짓을 보였다.

그렇게 잠시 주춤거린 켐프는 결국 한 박자 늦게 몸을 날렸고, 켐프의 글러브 아래로 절묘하게 빗겨간 타구는 빠르게 뒤쪽으로 흘러가 버렸다.

그 모습에 다저스타디움에는 순간적으로 탄식의 목소리가 여기저기서 흘러나왔다.

"아아!"

"이게 무슨……"

민우 역시 머리를 부여잡으며 그 모습을 바라보고 있었다.

'이 상황에서 그걸 놓치면 어떡해……'

빠르게 1루를 돌던 어틀리는 곧장 2루를 향해 내달렸고, 선 채로 2루 베이스를 밟으며 2루에 안착하는 모습을 보였다.

만약 좌익수인 포세드닉이 미리 백업을 와 있지 않았다면 3루타나 인사이드 더 파크 홈런이 나올 수도 있는 상황이었다.

홈런에 이은 행운의 2루타까지.

아웃 카운트를 하나도 잡지 못한 채 홈런과 출루를 허용하고 말았다.

커쇼로서는 불운의 연속이라고 할 수 있었다.

특히 켐프의 판단 미스로 인해 2루타를 내준 것이기에 민우마저 안타까운 표정을 지을 수밖에 없었다.

'이건 좀 치명적인데. 못 잡아도 단타인 타구가 2루타가 되어버렸어.'

커쇼를 바라보니 여전히 무표정한 얼굴을 보이고 있었지만, 마운드를 가볍게 차는 모습에 마음이 편치만은 않은 듯 보였다.

'타이밍이 영 좋지가 않은데……'

롤린스의 홈런 이후 더욱 딱딱해진 토리 감독의 얼굴은 켐프의 실책성 플레이에 도무지 펴질 줄을 몰랐다.

다행히도 커쇼는 이후 위력적인 투구를 보이며 필리스의 3, 4, 5번 타자를 삼진 2개와 유격수 땅볼로 돌려세우며 위기를 벗어날 수 있었다.

다저스로서는 분위기 반전을 위해 타선에서 무언가를 보여 줘야 할 필요성이 있었다.

하지만 그런 기대를 가지기엔 상대 선발인 오스왈트는 그리

만만한 상대가 아니었다.

"스트라이크 아웃!"

"아웃!"

"스트라이크 아웃!"

선두 타자로 나선 포세드닉을 시작으로 캐롤과 이디어까지 삼자범퇴로 돌려세우는 오스왈트의 구위는 가히 완벽한 모습이라고 할 수 있었다.

구석구석을 향해 패스트볼을 꽂아 넣고, 타자의 타이밍을 빼앗는 브레이킹 볼을 적절하게 구사하는 모습에선 민우의 고개가 절로 끄덕여졌다.

'이적 이후에 완전히 탈바꿈했다고 했지.'

민우의 뇌리에 전날 스카우팅 리포트를 통해 살펴본 오스왈트의 기록이 떠올랐다.

우완 투수인 오스왈트는 올 시즌, 휴스턴 애스트로스에서의 호투에 비해 6승 12패라는 평범한 기록을 거두며 만족스럽지 못한 시즌을 보내고 있었다.

하지만 7월 말, 필라델피아 필리스로 이적한 뒤, 완전히 다른 모습을 보이기 시작했다.

이적 첫 경기에서 6이닝 5실점을 하며 부진한 모습을 보였지만 이후 8월 한 달 동안 5경기에서 무려 4승을 거뒀고, 1.48의 방어율을 기록하며 압도적인 위용을 떨치고 있었다.

95마일의 빠른 패스트볼에 올 시즌 구사 비율을 높인 싱커,

그리고 커브와 패스트볼에 체인지업까지 구사하며 커리어에 비해 삼진 비율이 크게 오른 모습을 보이고 있었다.

특히 이닝당 출루 허용률이 1.03에 불과할 정도였기에 다저스로서는 1회의 실점은 더욱 크게 다가오고 있었다.

'오늘은 제대로 긁히는 듯 보이니… 힘들지도 모르겠어.'

민우는 오스왈트의 구위를 두 눈으로 보고 나니, 오늘 경기에서 다저스의 승리를 함부로 점칠 수가 없었다.

'켐프가 제 역할을 못하고 있으니 더더욱 그렇고.'

민우는 걱정스러운 마음으로 마운드에 오른 커쇼를 바라봤다.

커쇼는 2회 초가 시작되자마자 필리스의 6번 타자, 빅토리노에게 또 하나의 홈런을 허용하며 벌써 2실점을 기록한 상태였다.

이후 위력적인 투구로 7, 8번 타자에 이어 9번 타자인 투수 오스왈트까지 삼진 3개로 돌려세우며 마운드를 내려왔지만 추가 실점을 허용한 탓인지 그 마음은 편치 않아 보였다.

더그아웃으로 돌아온 커쇼의 심기는 꽤나 불편해 보였고, 자신의 투구를 곱씹는 듯 말없이 생각에 잠긴 모습을 보이고 있었다.

그 모습에 누구도 그 곁으로 다가가거나 장난스러운 분위기를 연출하지 않은 채 오롯이 경기에 집중을 하고 있었다.

그리고 모두의 시선은 타석으로 들어서는 다저스의 4번, 켐프에게로 향했다.

슈우욱!

부웅!

하지만 그런 기대에 무색하게 켐프는 스트라이크존을 크게 벗어나는 초구 하이 패스트볼에 크게 헛스윙을 하는 모습을 보이며 불안한 전조를 보였다.

'스윙이랑 공이 차이가 너무 많이 나는데.'

민우가 그런 판단을 내리는 사이.

슈우욱!

딱!

또 하나의 하이 패스트볼을 건드린 켐프는 곧 우익수 앞 얕은 플라이로 가볍게 아웃되고 말았다.

초구에 이어 2구 역시 어깨 높이로 날아가는 것이 훤히 보이는 공이었기에 절로 한숨이 나오려 했다.

켐프가 4번 타자에 어울리지 않는, 너무나도 어이없는 스윙을 보여서인지 홈 팬들의 시선도 그리 곱지만은 않아 보였다.

"오 노! 켐프! 제발 정신 좀 차려라!"

"도대체 팀이 이 상황인데 연애할 맛이 나냐?"

"연애하는 건 좋다고. 그 전에 네 본업인 야구를 잘 해야 할 것 아냐?"

켐프의 부진이 하루 이틀이 아니었기에 경기 초반, 켐프에겐 첫 타석이었음에도 사방에서 일부 흥분한 홈 팬들의 야유

섞인 목소리가 들려오고 있었다.

묵묵한 표정을 지은 채, 곧 팬들의 눈이 닿지 않는 더그아웃으로 들어선 켐프는 야유를 받았음에도 과격한 행동을 보이지는 않았다.

그저 벤치에 앉자마자 무서운 얼굴로 마운드 위의 오스왈트를 노려보고 있을 뿐이었다.

켐프를 가볍게 돌려세운 오스왈트는 5번 로니를 몸에 맞는 공으로 출루시켰지만 이후 6, 7번 타자를 두 개의 내야 플라이로 깔끔하게 돌려세우며 이닝을 마무리 지었다.

이후 3회부터 커쇼는 제구가 제대로 잡힌 듯, 6회까지 단 3개의 안타만을 허용하고는 추가 실점 없이 마운드를 내려오는 모습이었다.

반면 공격에서는 전혀 그 물꼬를 트지 못한 채, 무기력한 모습을 계속해서 보이고 있었다.

2회 이후, 6회 말 2아웃에서 터진 블레이크의 안타 이전까지 다저스는 총 5개의 출루를 이루어냈다.

하지만 그 중 4개가 오스왈트가 내준 볼넷이었고 나머지 하나도 수비 에러로 인한 출루였다.

안타로 인한 출루는 단 하나도 없었다는 뜻이었다.

이처럼 다저스의 준수한 투수력에 비해 타선에서는 주전 선수들의 부상과 세대교체의 실패가 겹치며 준수함과는 거리가 먼 모습을 보이고 있었다.

130경기를 넘어가며 시즌이 막바지에 이른 지금, 다저스의 타선에서 70경기 이상 출전한 타자가 단 6명에 불과할 정도였으니 그 타선은 가히 총체적 난국이라고 할 수 있었다.

이런 어려운 팀 타선의 상황에서 4번 타자로서 타선의 중심을 잡아줘야 할 켐프의 부진은 가뜩이나 빈약한 다저스 타선에 치명적인 영향을 미치고 있었다.

'후우. 어쩌다가 이렇게 된 건지……. 저 녀석이라도 제 역할을 해줬더라면 이 정도까지 되지는 않았을 텐데……'

타격과 수비 모두에서 부진한 모습을 보이는 켐프의 모습에 토리 감독의 인내심도 슬슬 한계에 달한 상태였다.

분명 그 잠재력은 뛰어난 선수였다.

지난 시즌, 실버 슬러거와 골드 글러브를 동시에 석권한 것이 그 증거였다.

하지만 그 잠재력을 스스로의 방만함이 까먹고 있었다.

어린 나이에 최고의 자리에 올라서일까.

어느새 켐프의 관심은 야구가 아니라 여자로 돌아가 있었다.

민우의 야구에 대한 열정이 넘치는 눈빛과 켐프의 무언가 의욕이 없는 듯한 눈빛은 너무나도 대조가 되는 모습이었다.

토리 감독은 켐프의 부활을 바라는 마음과 함께 여태껏 켐프가 보여주었던 활약을 생각해 그의 자존심을 세워주며 풀타임 출장 등의 많은 배려를 해주고 있는 상태였다.

하지만 자신의 배려에도 변화하지 않는 켐프의 모습에 토리 감독의 믿음도 조금씩 무너지고 있었다.

여기에 시기적절하게 다저스에 민우라는 새로운 피를 수혈하게 되면서 토리 감독이 특단의 조취를 취하는 데에 큰 영향을 주었다.

민우가 마이너리그에서 착실히 그 성적을 세우는 모습에 토리 감독은 미래를 그리고 있었다.

민우와 달리 양 측면 외야수로 뛰었던 경험이 있던 켐프였기에 토리 감독은 그가 타격에 조금 더 집중할 수 있도록 측면 외야수로의 전향을 권유했다.

하지만 어제 면담에서도 켐프의 대답은 'No'였다.

팀의 4번 타자이자 외야 수비의 중심이라고 할 수 있는 중견수를 맡고 있다는 자부심이 강한 켐프였기에, 이런 토리 감독의 제안에 은근히 불편한 심기를 드러내고 있었다.

하지만 토리 감독은 그런 켐프의 이기적인 모습에 더욱 큰 실망만을 느끼고 있었다.

'자존심은 실력이 뒷받침이 될 때에나 지킬 수 있는 것이다. 켐프 녀석의 태도는 자부심이 아니라 오만함이야. 이대로 더 방치할 수는 없어.'

토리 감독은 조용히 고개를 돌려 경기를 지켜보는 민우를 바라봤다.

그 눈에 민우의 관심은 오롯이 야구만이 담겨 있는 듯 보였다.

'누구에게나 기회는 돌아가야지. 현실에 안주하는 녀석에게 내어줄 자리는 없다.'

그런 생각과 함께 토리 감독이 쓴웃음을 지었다.

'이것도 어쩌면 저 녀석의 운명일지도 모르겠군.'

곧, 고개를 돌린 토리 감독은 그라운드로 시선을 돌렸다.

6회 말, 2사 주자 1, 3루 상황에서 타석에 들어선 7번 벨리어드가 2루수 플라이로 힘없이 돌아서며 다저스의 득점 기회를 허망하게 날려 버리고 말았다.

이후 7회 초, 커쇼의 뒤를 이어 메이저리그에서의 첫 등판 기회를 잡은 젠슨은 2개의 삼진을 잡아내는 위력투를 보였다.

하지만 호투도 잠시.

따악!

따악!

경기장에 두 번의 호쾌한 타격음이 울려 퍼졌다.

젠슨은 2아웃을 잡아놓은 뒤, 필리스의 테이블 세터에게 연속으로 2루타를 허용하며 순식간에 1점을 내어주고 말았다.

이어서 3번 타자인 폴랑코에게도 안타를 허용하며 계속해서 불안한 모습을 보였지만 투수 코치인 허니컷이 마운드에 올라 그를 진정시키고 나자, 다시금 위력적인 투구로 필리스의 4번 타자인 하워드를 삼진으로 돌려세우며 이닝을 마무리 지었다.

이후 8회 초, 젠슨의 뒤를 이어 등판한 벨리사리오가 1이닝을 깔끔하게 틀어막으며 다저스의 추격의 불씨를 살려두었다.

그리고 8회 말.

필리스는 0.2이닝을 책임진 로메로의 뒤를 이어 필승조인 매드슨을 등판시켰다.

매드슨은 우완 오버핸드 투수로 최고구속 97마일(156km)의 포심 패스트볼에 87마일의 서클 체인지업을 위주의 피칭 스타일을 가지며 9이닝당 9개의 삼진을 뽑아낼 정도로 위력적인 투구를 보였다.

뛰어난 제구력을 바탕으로 스트라이크존의 낮은 코스 위주의 투구를 보이며 땅볼 유도 능력이 뛰어난 투수이기도 했다.

올 시즌은 시즌 초반, 발가락 부상으로 경기를 뛰지 못하다가 7월이 되어서야 복귀하며 다시금 맹활약을 하고 있었다.

이런 매드슨을 상대하기 위해 타석에 들어서는 이는 2번 타자인 캐롤이었다.

타석에 들어서는 캐롤은 많은 나이에 장타력은 부족하지만 영리한 타자였다.

슈우욱!

팡!

"볼!"

매드슨의 초구는 바깥쪽 스트라이크존에 걸치는 포심 패스트볼이었다.

하지만 주심의 손이 올라가지 않는 모습에 캐롤은 무표정한 얼굴로 배트를 바라보며 생각에 잠겼다.

'매드슨의 성향상 바깥쪽을 잡아주지 않았으니 안쪽 스트라이크존도 확인하려 들 거야.'

매드슨은 우타자를 상대로 바깥쪽보다 몸 쪽 공의 구사 비율이 훨씬 높은 편이었다.

그런 내용을 기억해 낸 캐롤이 다시금 배터 박스에 들어서자 곧 매드슨이 다음 공을 뿌렸다.

슈우욱!

동시에 공의 궤적을 확인한 캐롤이 짧게 잡은 배트를 빠르게 내밀었다.

딱!

예상을 했음에도 구속과 구위에 밀리며 둔탁한 타격음을 내뱉었다.

'큭.'

캐롤은 손이 크게 울리는 것에 인상을 살짝 찌푸렸다.

하지만 정타가 아니었음에도 타구의 방향이 꽤나 괜찮았다.

낮게 쏘아진 타구는 투수 옆을 스치며 유격수와 2루수의 사이를 빠르게 꿰뚫었고, 캐롤은 여유 있게 1루에 안착할 수 있었다.

캐롤의 손에서 팀의 2번째 안타가 터지자 다저스타디움을 찾은 팬들에게서 오랜만에 환호성과 박수가 터져 나왔다.

하지만 뒤이어 타석에 들어선 이디어가 얕은 우익수 플라이로 아웃되는 모습에선 다시 한 번 탄식이 터져 나왔다.

"아아."

"오늘은 이디어도 영 아니올시다네."

"에휴. 출루를 하면 뭐하냐. 캠프 녀석, 오늘도 3타수 무안타인데. 삼진머신이야, 삼진머신."

"어? 대타인데? 강? 강이라고?"

"뭐? 강?"

한 팬의 의문 섞인 목소리와 함께 모두의 시선이 전광판으로 향했다.

한쪽 전광판에는 민우의 사진과 이름, 등 번호가 적혀 있었고, 반대편에 위치한 전광판에는 민우의 간단한 약력과 마이너리그 성적이 짤막하게 소개되고 있었다.

'KANG. 73번. 중견수. 88년생. 더블A 타율 0.560, 29홈런……'

동시에 대타를 알리는 장내 방송이 흘러나오기 시작했고, 교체되는 선수의 정체가 밝혀지자 관중들의 눈이 점점 동그랗게 커졌다.

─1사에 주자 1루 상황. 다음 타석은 켐프의 타석인데요. 대기 타석에는 켐프 대신 아주 생소한 얼굴이 들어서 있습니다. 이번 로스터 확장과 동시에 40인 로스터에 합류한 강민우 선수네요. 마이너리그에서 기록적인 활약을 보인 선수인데요. 메이저리그 데뷔 첫 타석을 대타로 맞이하게 되는군요.

설마 4번 타자인 켐프를 뺄 거라고는 예상하지 못했던 팬들은 대타로 들어서는 선수의 정체를 확인하고는 이내 입가에 미소를 가득 머금었다.

그러고는 하나둘 자리에서 일어나며 박수를 치며, 휘파람을 불며 응원을 날리기 시작했다.

"강! 강!"

"이 자식! 너만 기다렸다!"

"데뷔 기념으로 한 방 날려 버려!"

예상치 못한 민우의 대타 투입으로 다저스타디움의 분위기가 순식간에 바뀌었다.

팀이 뒤지고 있는 상황이었지만 메이저리그에 데뷔하는 루키, 그것도 마이너리그에서 엄청난 기록을 만들고 올라온 선수의 예상치 못한 등장은 침체된 분위기를 환기시키기에 충분했다.

민우는 마이너리그와는 비교도 할 수 없는, 수만의 팬으로부터 자신을 향해 쏟아지는 박수와 환호성에 몸이 울리는 것을 느끼고 있었다.

타석을 향해 걸어가며 민우는 천천히 외야부터 시작해 내야의 관중석을 한 층, 한 층 올려다봤다.

수많은 관중이 모두 웃는 낯으로 민우를 바라보고 있었다.

그 모습을 바라보니 민우는 가슴속에 무언가 울렁거리는 것이 느껴졌다.

마치 흥분과도 같은 감정이었다.

'이 환호성… 이곳이 내가 뛰어야 할 곳……'

관중들의 환호성과 박수는 민우가 타석에 들어설 때까지 이어지고 있었다.

민우는 그들의 기대에 어떻게든 보답하는 모습을 보이고 싶었다.

이제 겨우 데뷔 타석이었지만 팀을 위기에서 끄집어내고 싶은 마음이 샘솟고 있었다.

곧 흥분된 마음을 다스리며 그라운드로 시선을 돌린 민우는 타석 앞에 잠시 멈춰 서고는 마운드 위에 서 있는 매드슨을 바라봤다.

매드슨은 그런 민우를 무표정한 얼굴로 바라보고 있을 뿐이었다.

민우에게 관심을 보인 것은 필리스의 포수, 루이즈였다.

"여어. 애송이. 메이저리그에 온 걸 환영한다."

배터 박스에 자리를 잡던 민우는 뒤쪽에서 들려오는 유쾌한 느낌의 목소리에 천천히 고개를 돌려 루이즈를 바라봤다.

포수 마스크 너머로 보이는 루이즈의 얼굴엔 미소가 가득 담겨 있었다.

순수하게 루키를 향해 환영의 미소를 날리는 듯한 그 모습에 민우도 가볍게 웃음을 보였다.

"잘 부탁드립니다."

민우는 포수를 향해 인사를 건네고는 주심에게도 천천히 인사를 건넸다.

주심은 그 모습에 살짝 미소를 지으며 고개를 끄덕이며 화답해 주었다.

그리고 그 예의 바른 인사에 돌연 놀란 표정을 짓던 루이즈가 크게 웃음을 터뜨렸다.

"하하하. 이런 예의 바른 녀석은 또 처음이네. 뭐, 그래도 봐줄 순 없으니까. 열심히 해보라고."

그 유쾌한 모습에 민우도 살짝 웃어 보이며 화답해 주었다.

"예, 저도 봐드리지 않겠습니다."

민우의 당돌한 대답에 다른 쪽으로 다시금 놀란 루이즈가 곧 입가에 진한 미소를 지어 보였다.

"봐주지 않겠다고? 어허허. 오냐, 한번 덤벼봐라!"

팡팡!

그와 함께 포수 미트를 주먹으로 강하게 때리며 민우를 바라보던 루이즈는 곧 빠르게 머리를 굴리기 시작했다.

'극단적으로 배터 박스의 앞쪽에 자리를 잡는군. 빠른 배트 스피드를 확실히 스스로의 강점으로 내세우고 있다는 건데. 흠… 딱히 브레이킹 볼에 약한 부분은 보이지 않았는데, 자리를 잡은 위치를 보면 체인지업을 완전히 바운드시킬 정도로 던지지 않으면 통타당할 확률이 높을 거야.'

루이즈는 민우의 스카우팅 리포트를 간략하게만 살펴본 상태였기에 대략적인 사안만을 살펴본 상태였고, 민우가 타석으로 향하는 모습을 발견하고 나서야 가볍게 민우에 대한 자료들을 되새기기 시작했던 것이다.

'뭐, 그래봐야 루키는 루키니까. 메이저리그가 왜 마이너리그와 구분이 되는지 확실하게 알려주는 게 좋겠지. 그럼 역시 스트라이크존 안쪽에 패스트볼이야.'

그는 루키 타자를 상대로는 그 정도면 충분하다고 자만 아닌 자만을 하고 있었다.

곧 생각을 정리한 루이즈는 다리 사이로 손을 넣은 채, 빠르게 움직이기 시작했다.

'이 녀석이 꽤나 자신감이 넘치는데. 어때? 전력으로 하나 꽂아 넣어볼래?'

루이즈의 제안에 매드슨이 입꼬리를 살짝 말아 올렸다.

'진심이냐……. 전광판을 봤으면 알겠지만 저 녀석 보통 녀석이 아니라고. 패스트볼 타율도 평균 이상이고.'

매드슨 역시 간략하게 중요 부분만을 체크한 상태였기에,

민우의 배트 스피드에 대해서는 인지하고 있는 상태였다.

그런 생각과 함께 매드슨은 선택을 보류하고는 루이즈의 선택을 재차 확인하는 모습을 보였다.

그 모습에 루이즈는 황당한 얼굴로 피식 웃어 보였다.

'뭘 그렇게 쫄고 그래? 저 녀석이 뛰던 곳은 메이저리그가 아니라고. 그리고 메이저리그에도 한두 달 정도는 미친 타격을 보이는 녀석이 여기저기 있단 말이야. 저 녀석의 기록도 결국 한두 달의 기록일 뿐이라고. 그것도 더블A에서! 네 공을 믿어봐. 기를 눌러주라고.'

자신의 생각을 완벽히 전달할 수는 없었지만 루이즈가 재차 요구하는 모습에 매드슨은 그 의미를 대략적으로 눈치채고는 고개를 절레절레 흔들었다.

'평소엔 그렇게 신중한 녀석이 루키만 만나면 왜 이렇게 조심성을 잃어버리는 건지.'

매드슨의 기억에는 루이즈는 루키 타자를 만날 때마다 초구로 빠른 포심 패스트볼을 요구했었다.

루이즈는 그게 자신만의 메이저리그식 환영 인사를 보내는 것이라고, 루키 선수에게는 그것이 뜻 깊은 경험이 아니겠냐고 주장하고 있었다.

하지만 투수인 매드슨의 입장에서는 이러다 언젠가 제대로 한번 터지지는 않을까 하는 생각이 들 뿐이었다.

하지만 공교롭게도 자신과 5시즌 동안 배터리를 이루면서 매드슨이 요구한 초구를 루키 타자가 장타로 만들어낸 적은 단 한 번도 없었던 것이 사실이었다.

그래서인지 한편으로는 루이즈의 그 장단에 가볍게 웃음을 보이며 맞춰줄 수 있었던 것이다.

'어쩌면 내 공을 믿어서 저러는 걸지도 모르겠고.'

거기다 켐프를 대신해 민우를 투입한 토리 감독의 한 수는 다저스타디움의 처져 있던 분위기를 한순간에 살아나도록 이끌어낸 상태였다.

그런 점들을 깨달은 매드슨은 가볍게 고개를 끄덕이며 결정을 마쳤다.

'뭐, 투수의 본분은 스트라이크를 잡는 거긴 하니까. 내 공을 믿자고. 거기에 오늘 다저스 타선은 컨디션이 최악이기도 하니까, 오히려 여기서 확실하게 눌러주는 것도 나쁘진 않겠지. 한 번 해보자고.'

이내 매드슨이 고개를 끄덕이는 모습에 루이즈의 입꼬리가 말려 올라갔다.

민우는 배터 박스에서 언제든지 타격 자세를 취할 준비를 하며 고개를 이리저리 흔드는 매드슨의 모습을 바라보고 있었다.

필리스의 배터리가 빠르게 볼 배합에 대한 대화를 나누는 사이 민우 역시 어떤 구종을 노릴지 계속해서 고민하고 있는 상태였다.

'초구로 패스트볼일까? 체인지업일까?'

앞선 캐롤과 이디어의 타석에서는 초구로 모두 빠른 포심 패스트볼을 꽂은 매드슨이었다.

민우는 갑작스러운 교체 투입에 이어, 자신을 향한 환호성에 정신이 돌아가 무심코 떠올리지 못했던 매드슨에 대한 스카우팅 리포트의 내용을 되새겼다.

곧, 핵심 내용을 뽑아낸 민우가 빠르게 머리를 굴리기 시작했다.

'초구 패스트볼 비율이 높고, 결정구로 던지는 체인지업이 일품이라고 했지. 뭐, 붙어보지 않았기도 하고, 상대도 날 잘 모를 테니까 정석대로 가는 게 낫겠지. 루이즈의 태도를 보니까 더더욱 그러는 게 맞을 것 같기도 하고.'

민우는 루이즈의 마지막 말을 기억하고 있었다.

'덤벼보라고 했지. 열 살 가까이 어린 루키에게 변칙 투구를 할 가능성은 낮다고 본다.'

민우가 결정을 내림과 동시에 길고도 짧은 사인 교환을 마친 매드슨이 천천히 투수판을 밟았다.

왼 무릎을 배까지 끌어 올린 뒤 빠르게 스트라이드를 내디뎠다.

동시에 뒤늦게 글러브에서 손을 빼내며 공을 던지는 팔을 빠르게 휘둘렀다.

슈우욱!

그 손을 떠난 공이 빠른 속도로 곧장 스트라이크존의 위쪽으로 날아오기 시작했다.

그리고 찰나의 순간.

구종의 파악과 함께 민우의 두 눈이 매섭게 빛났다.

'왔다!'

패스트볼을 예상하고 있던 민우는 판단과 함께 잠시의 고민도 없이 스트라이드를 내디디며 타이밍을 맞췄다.

그와 동시에 뒤쪽으로 당겨졌던 배트가 벼락같이 튀어나왔다.

그리고 공이 홈 플레이트를 얼마 앞에 두지 않은 위치에서 거의 일직선으로 돌아 나온 민우의 배트가 강렬하게 공을 맞이했다.

따아아악!

민우의 배트에서 아주 깨끗한 타격음이 울려 퍼짐과 동시에 매드슨이 뿌린 공은 날아온 속도보다 더욱 빠른 속도로 쏘아져 날아갔다.

동시에 민우는 배트를 내던지고는 곧장 전력으로 내달리기 시작했다.

여유로운 표정을 짓고 있던 루이즈는 손에 쥔 미트에서 느껴져야 할 짜릿한 느낌 대신, 귓가를 울리는 큼지막한 타격음에 설마 하는 표정을 지으며 자리에서 일어나서는 낮은 각도로 빠르게 날아가는 타구를 바라보기 시작했다.

─초구! 하이 패스트볼! 낮게 쏘아진 라인드라이브성 타구가 우측 펜스를 향해 총알같이 날아갑니다! 우익수 위스 선수가 빠르게 쫓아갑니다만, 타구의 속도가 워낙에 빠릅니다!

타이밍이 아주 살짝 어긋난 듯, 타구는 우측 파울라인을 나란히 두고 낮은 라인드라이브의 궤적을 그리며 날아가고 있었다.

다저스타디움을 가득 채우고 있던 하얗고 푸른 물결이 일순 고개를 돌려 그 타구를 기대에 찬 시선으로 바라보기 시작했다.

그리고, 너무나도 빨리 쏘아져 날아가던 타구가 조금씩 오른쪽으로 휘어지는 모습이 보였다.

"안 돼!"

"제발!"

그 모습을 바라보던 다저스의 팬들은 부디 그 타구가 파울 폴대를 벗어나지 않기를 바랐다.

민우 역시 베이스를 돌며 잽싸게 놀리고 있던 다리와 별개로 휘어지고 있던 타구를 조마조마한 심정으로 바라봤다.

'제발, 제발. 안으로 가라!'

이윽고 계속해서 휘어지던 타구가 무언가를 강하게 때리고는 툭 하는 소리와 함께 그라운드로 되돌아왔다.

민우의 타구가 그라운드 안으로 되돌아오자 잠시 어리벙벙한 표정을 짓고 있던 팬들은 타구의 높이와 펜스의 높이를 재는 듯한 표정을 지어 보였다.

그러고는 곧 그런 일은 공이 폴대를 맞히지 않는 이상 벌어질 수 없다는 것을 깨닫고는 동시다발적으로 환호성을 내질렀다.

"우와아아!"

"믿을 수 없어!"

"첫 타석에서 홈런이라니!"

"97마일을 저렇게 극단적으로 당겨 치다니! 대단해!"

"민우! 민우!"

벼락같이 터진 민우의 통쾌한 홈런 한 방으로 다저스타디움이 뜨겁게 들끓고 있었다.

─언빌리버블! 정말 믿을 수 없습니다! 이게 도대체 무슨 일이죠? 강민우의 첫 빅 리그 타석에서의 첫 스윙에서 쏟아진 타구가 우측 외야를 그대로 가르고 날아가서는 우뚝 솟아 있던 폴대를 강타했습니다! 와우!

─정말 믿기지가 않네요. 매드슨 선수의 97마일짜리 하이 패스트볼이었는데요. 전혀 밀리지 않고, 오히려 한 박자 빠른 스윙을 보이며 강민우 선수가 정말 인상적인 데뷔 홈런을 만들어내는군요. 스코어는 2 대 3. 다저스가 한 점 차 턱밑까지

추격에 들어갑니다.

'홈런… 홈런이야!'

정확히 폴대의 가운데를 명중하며 그라운드로 되돌아오는 타구의 모습에 민우가 입꼬리가 천천히 말려 올라갔다.

빠르게 다이아몬드를 돌며 외야를, 내야를 차례대로 바라보던 민우는 모두가 자신을 바라보며, 자신의 이름을 연호하며 환호성을 내지르는 모습에 격하게 차오르는 희열을 느끼고 있었다.

가슴속에서 울컥거림이 올라오는 듯 느껴졌고, 코끝이 다 찡해지는 느낌이었다.

'그래! 바로 이거야! 내가 야구를 해야만 하는 이유! 내가 야구를 사랑하는 이유!'

벅차오르는 감정을 다독이며 빠른 뜀박질로 다이아몬드를 주파한 민우가 홈 플레이트를 밟는 순간.

띠링!

[히든 퀘스트—데뷔 첫 타석에서 홈런을 날려라!(연계) 결과.]

—메이저리그 데뷔 첫 타석에서 폴대를 맞히는 환상적인 홈런을 만들어냈습니다.

—하이 싱글A와 더블A 데뷔 첫 타석 홈런 기록에 이은 3연속 데뷔 타석 홈런 기록을 달성했습니다.

─리그당 단 한 번밖에 찾아오지 않는 첫 타석에서 무려 3연속 홈런을 기록하며 가히 유일무이한 업적을 남겼습니다.

─퀘스트 성공 보상으로 영구적으로 파워 +3이 상승합니다. 2,000포인트가 지급됩니다.

─초구 홈런 보상으로 추가적으로 정확 +1이 상승합니다. 추가적으로 300포인트가 지급됩니다.

기쁨에 찬 표정을 짓고 있던 민우의 얼굴이 눈앞에 떠오른 히든 퀘스트의 보상에 더더욱 환하게 퍼졌다.

'대박! 대박! 파워 +3에 정확 +1에… 무려 2,300포인트라니!'

2,300포인트는 웬만한 퀘스트를 최소 예닐곱 개는 달성해야 얻을 수 있는 포인트였다.

마치 유일무이한 업적임을 알려주는 듯한 그 수치에 잠시 넋을 잃었던 민우는 자신을 향해 여전히 환호성을 지르고 있는 팬들을 발견하고는 퀘스트 보상 창을 빠르게 닫았다.

그러고는 다저스의 팬들을 향해 한 손을 들어 올린 채 검지를 펴 보이며 그 환호성에 화답하는 모습을 보였다.

착!

그 모습은 꽤나 당돌해 보였는데, 한 점 차라는 것을 모두에게 깨우치는 것같이 보이기도 했다.

그 모습에 관중들은 더욱 열광적으로 민우의 이름을 연호하며 응원의 목소리를 더욱 높이기 시작했다.

"민우! 민우!"

"킹 캉! 킹 캉!"

개중에는 민우의 마이너리그에서의 별명인 '킹 캉'을 연호하는 이도 여럿이 있었다.

그 목소리를 음미하듯 기분 좋게 환한 미소를 보이던 민우는 선행 주자였던 캐롤이 자신을 바라보며 입 주변의 주름을 만개시키고 있는 것을 발견했다.

"데뷔 첫 타석에 초구 홈런이라니! 이런 당돌한 녀석! 하하하!"

캐롤은 민우가 자랑스럽다는 듯이 양손을 벌려 민우를 강하게 들이받듯이 껴안았다.

"컥."

민우가 그 충격에 옅은 신음을 내뱉자 무엇이 우스운지 빵터진 캐롤이 민우의 등을 강하게 두드려 주었다.

뒤이어 민우는 다음 타자인 로니와도 가볍게 손을 맞대며 기쁨을 나눴다.

"휘이익!"

그러는 와중에도 관중들은 연신 휘파람을 불며 민우의 홈런을 자축하고 있었다.

팬들의 모습만 봐서는 마치 월드시리즈에서 홈런을 쏘아 올린 것이 아닌가 하는 착각이 느껴질 정도였다.

민우는 가슴을 두근거리게 만드는 그 환호성을 뒤로한 채,

천천히 뜀박질하며 더그아웃으로 향했다.

더그아웃의 입구에서 민우를 바라보며 가볍게 미소를 짓고 있던 토리 감독이 민우가 가까워지자 곧 한 손을 낮게 들어 보였다.

"잘했다."

짧은 칭찬이었지만 그 목소리에서는 뿌듯함, 만족감과 같은 감정이 느껴지고 있었기에 민우는 충분한 기쁨을 느끼며 그 손을 가볍게 맞댔다.

'응?'

더그아웃으로 들어서던 민우는 선수들이 더그아웃 안쪽 벤치와 그라운드 쪽 난간에 삼삼오오 모인 채 팔짱을 끼고는 자신에게 시선을 주지 않는 모습을 발견했다.

'설마… 그건가?'

민우는 돌연 더블A에서 겪었던 비슷한 장난을 떠올렸다.

그때는 데뷔 첫 타석에서 홈런을 때리고도 장난을 예상하지 못하는 바람에 된통 당했던 기억이 있었다.

이미 제대로 한번 당해봐서일까.

민우는 무언가 생각이라도 난 듯, 입꼬리를 말아 올렸다.

그러고는 마치 무엇을 준비하고 있는지 다 알고 있다는 듯 싱글벙글한 미소를 지은 채, 곧장 뜀박질을 하며 더그아웃의 선수들 사이를 빠르게 가로질렀다.

민우의 예상치 못한 돌발 행동에 민우를 덮치려고 준비를 하고 있던 동료들이 일순 당황한 표정으로 민우의 뒷모습을 멍하니 바라봤다.

그러거나 말거나 곧 더그아웃의 끄트머리까지 달려간 민우가 자신을 찍고 있던 중계 카메라를 향해 가까이 다가가 양손의 주먹을 얼굴 부근으로 들어 올려 보이며 신난다는 듯이 환한 미소를 선사했다.

그러고는 천천히 뒤를 돌아 동료들을 둘러보며 양팔을 벌린 채 입가에 미소를 지어 보였다.

아주 잠깐의 시간이 지나자, 선수들이 황당하다는 듯한 웃음을 보이며 민우에게 다가왔다.

"나 참, 이거 놀리려다가 완전히 당했네, 당했어."

가장 가까이에 있던 커쇼가 허탈한 미소를 보이며 하는 이야기에 바로 옆에 서 있던 기븐스 역시 고개를 절레절레 흔들며 입을 열었다.

"매드슨한테 기습적으로 한 방을 먹이더니 우리한테까지 제대로 한 방을 먹이는구나? 후후."

민우는 그런 기븐스의 모습에 피식 웃음을 보였다.

"마이너리그에서 한번 당했거든요. 후후. 그래도 이건 이거 나름대로 재밌었죠?"

민우의 당돌한 모습에 기븐스가 '오우'하는 외침과 함께 민우를 콱 끌어안았다.

—와하하. 강민우 선수가 다가오자 다저스 더그아웃에서는 동료들이 하나같이 침묵하고 외면하는 모습을 보였는데요. 눈치 빠른 루키가 홀로 자축하는 모습을 보이면서 선수들의 장난을 역으로 이용해 버렸습니다. 정말 유쾌한 모습입니다.

민우가 더그아웃에서 동료들에게 축하 세례를 받는 사이, 후속 타자인 로니가 삼구삼진을, 6번 타자인 블레이크마저 유격수 앞 땅볼로 아웃이 되며 다저스는 한 점 차이를 마저 좁히지 못한 채, 추가득점 없이 이닝을 끝내고 말았다.

그리고 9회 초.

수비를 위해 민우가 글러브를 챙겨 더그아웃을 빠져나가자 어느새 우익수인 이디어와 좌익수인 포세드닉이 민우의 곁으로 빠르게 다가왔다.

"민우, 수비에서도 잘 부탁한다."

이디어가 간단히 말을 건네며 글러브로 민우의 등을 툭 치고는 미소를 지은 채 우익수 위치로 달려 나갔다.

민우가 잠시 그런 이디어의 뒷모습을 바라보고 있자, 포세드닉이 민우의 어깨에 손을 감았다.

"떨지 말고, 마이너리그랑 다른 건 저기 외야석이 있는 것뿐이니까 평소처럼만 하라고."

포세드닉은 그 말과 함께 손을 들어 민우가 맡아야 할 광활한 센터 필드 뒤쪽에 자리한 관중석을 가리켰다.

민우가 시선을 돌려 관중석을 바라보고 있는 모습에 포세드닉이 곧 피식 웃어 보였다.

"뭐, 더그아웃에서 하는 모습을 보니까 떨거나 할 것 같지는 않지만 말이야. 정규이닝 마지막 수비다. 내가 어느 정도 커버해 줄 테니까 잘 지켜내자."

그 말과 함께 민우의 어깨를 두어 번 두드리며 포세드닉도 자신의 수비 위치로 방향을 틀어 민우에게서 멀어져 갔다.

잠시 그 모습을 바라보던 민우는 자신의 커리어 첫 타석에 이어 첫 수비를 위해 중견수 수비 위치로 빠르게 달려갔다.

포세드닉의 말대로 마이너리그와 달리 외야석이 존재하는 메이저리그였기에 외야를 향해 달려가는 민우의 눈에 파랗고 하얀 물결의 출렁임이 들어왔다.

자신의 뒤쪽에 펜스뿐 아니라 수많은 이가 자리를 잡은 채, 자신의 행동 하나하나를 바라보고 있다는 생각이 들자 민우는 그 자신도 모르게 무의식적으로 어색함이 느껴지기 시작했다.

그리고 그 어색함은 민우의 근육을 약간이나마 경직되게 만들고 있었다.

그런 민우가 점점 가까이 다가오는 모습에 외야 관중석에 자리하고 있던 팬들은 각자의 목소리로 민우를 향해 응원을 하기 시작했다.

"요! 민우! 수비도 잘 할 수 있지?"

"슈퍼 루키! 잘 부탁한다!"

"넌 잘 할 수 있어!"

"너 스스로를 믿어라!"

마치 첫걸음을 떼는 자식을 바라보는 아버지처럼, 관중들은 혹여나 민우가 빅리그 데뷔로 긴장하고 있을지 모른다는 생각에 민우를 다독이고, 응원해 주며 그 힘을 북돋아주려 하고 있었다.

전혀 예상치 못한 관중들의 따뜻한 목소리에 민우의 몸에 자리 잡으려 하던 어색함은 자라나던 속도만큼 빠르게 사라지고 어느새 든든한 마음이 그 빈자리에 들어차기 시작했다.

'여긴 우리 다저스의 홈이잖아. 두려워할 필요가 없어. 타석에서와 다를 것 없이, 수비에서도 평소처럼, 최선을 다하면 되는 거야.'

살짝 경직되어 있던 민우의 입가에 살며시 미소가 피어올랐다.

팡!

곧 민우는 가볍게 발을 풀고 팔을 돌리며 몸을 덥히고는 글러브를 주먹으로 강하게 두드렸다.

'자, 와라!'

각오를 다진 민우는 허리를 가볍게 숙여 언제든지 수비에 임할 준비를 마치고는 마운드를 바라봤다.

8회 초 등판해 1이닝을 깔끔하게 막아냈던 벨리사리오의 뒤를 이어 마운드에 등판한 투수는 다저스의 뒷문을 책임지고 있는 투수 중 한 명인 궈훙치였다.

궈훙치는 좌완 스리쿼터 투수로 95마일(153㎞)의 패스트볼에 87마일 대의 슬라이더를 주무기로 하는 투 피치 유형의 투수였다.

올 시즌에 들어서는 자신의 강점인 슬라이더의 구사 비율을 25%까지 높였고, 그 구속도 2마일 정도 상승하며 패스트볼과의 구속 차이가 더욱 줄어든 모습을 보이고 있었다.

이런 위력적인 슬라이더를 이용해 패스트볼을 대비하며 몸의 중심을 앞쪽으로 두고 있던 타자들의 배트를 헛돌게 만들며 올 시즌 피안타율은 1할 5푼을 채 넘지 않고 있었다.

또한 9이닝당 삼진 비율도 10개에 이르는 커리어 하이의 성적을 기록하며 다저스의 불펜의 한 축을 담당하고 있었다.

여기에 시즌 막판에 이르러서는 기존의 마무리 투수인 브록스턴을 대신해 마무리 투수로 종종 등판하는 투수이기도 했다.

토리 감독이 뒤지고 있는 상황에서 궈훙치를 올렸다는 것은 이번 이닝을 완벽히 틀어막고 9회 말, 민우가 만들어낸 반등의 불씨를 기필코 살려내겠다는 의지의 표현이기도 했다.

슈우욱!

팡!

"스트라이크!"

귀홍치가 뿌린 초구는 97마일의 빠른 패스트볼이었다.

스트라이크존의 바깥쪽 구석을 정확히 찌르는 그 공에 주심은 한 치의 고민도 없이 한쪽 손을 들어 올리며 스트라이크 콜을 외쳤다.

귀홍치가 초구부터 거침없이 스트라이크존에 꽂아 넣는 모습에 타석에 들어섰던 필리스의 8번, 루이즈의 고개가 절로 저어졌다.

'저 루키 녀석의 홈런으로 분위기가 완전히 넘어갔어.'

루이즈는 자신의 오만이 이런 결과를 이끌어냈다는 것에 잠시 자책하고 있었고, 그것은 곧 그의 배트를 무겁게 만들고 있었다.

슈우욱!

팡!

부웅!

"스트라이크!"

바깥쪽을 거쳐 스트라이크존의 아래쪽으로 크게 떨어지는 슬라이더에 크게 헛스윙을 하는 루이즈의 모습에 다저스의 포수, 바라하스가 고개를 끄덕였다.

'완벽해. 하이 패스트볼로 마무리하자.'

바라하스의 사인에 곧장 고개를 끄덕인 귀홍치가 곧 와인드업 자세에서 3구째 패스트볼을 뿌렸다.

슈우욱!

팡!

부웅!

"스트라이크 아웃!"

루이즈는 전혀 예상하지 못했다는 듯, 완벽히 어긋난 스윙을 보이며 몸을 휘청거렸다.

삼구삼진이라는 위력적인 투구에 멀리서 바라보던 민우의 고개가 절로 끄덕여졌다.

'저 정도 컨디션이면 어쩌면 외야로 공이 오지 않을지도 모르겠는데.'

민우가 그런 생각을 하는 사이, 9번 투수의 타석에서 필리스는 대타 브라운을 투입했다.

브라운은 올 시즌 마이너리그에서 3할 3푼의 타율에 20개의 홈런을 날리며 필리스의 차세대 좌익수로 기대가 되는 유망주였다.

다저스에서 대타로 민우를 투입해 분위기를 반전시켰듯이, 필리스에서도 브라운이라는 유망주의 투입으로 분위기를 다시금 가져오려는 의도로 보였다.

다저스의 배터리도 그런 의도를 대략적으로 눈치채고는 볼 배합을 더욱 신중하게 가져갔다.

슈우욱!

팡!

"볼!"

초구는 스트라이크존의 낮은 코스에 꽂히는 공이었지만, 주심은 그 공을 볼로 판단했다.

그 모습에 궈훙치의 미간이 잠시 찌푸려졌다.

하지만 신경 써봐야 볼이 스트라이크로 다시 바뀌는 것은 아니었기에 이내 애써 잊어버리고는 다음 공을 뿌리기 시작했다.

'저 공을 안 잡아주네.'

센터 수비를 맡은 데다 능력치의 영향으로 시력 또한 좋아진 민우였다.

그렇기에 스트라이크존에 꽂힌 것을 확인한 민우는 주심의 손이 미동도 하지 않는 모습에 황당한 표정을 짓고 있었다.

낮은 공을 잡아주지 않으면 장타를 맞을 확률이 더 높아진다는 것을 알고 있었기에 민우는 혹시나 하는 상황을 대비하며 더욱 집중을 했다.

이후 2구는 뒷 그물을 넘어가는 파울로, 1스트라이크를 잡았지만 3구와 4구가 내리 볼로 판정이 되며 볼카운트는 3볼 1스트라이크가 되었다.

투수보다는 타자에게 유리한 카운트가 만들어지자 다저스 배터리의 머리가 빠르게 돌아가기 시작했다.

곧 결정을 내린 듯, 고개를 가볍게 끄덕인 궈훙치가 와인드업 자세를 취한 뒤, 힘차게 공을 뿌렸다.

슈우욱!

귀홍치의 선택은 브라운의 등 뒤에서 스트라이크존 안쪽으로 휘어져 들어가는 슬라이더였다.

공이 제대로 채인 듯, 브라운의 몸에 맞을 듯이 날아가던 슬라이더가 급격히 스트라이크존의 안쪽으로 휘어지기 시작했다.

그 궤적에 타석에 있던 브라운은 슬라이더임을 알아챔과 동시에 곧장 스트라이드를 내디뎠다.

따아악!

동시에 벼락같이 휘둘러진 브라운의 배트와 공이 홈 플레이트 위에서 강하게 맞부딪히며 거친 타격음을 내뱉었다.

공을 뿌린 귀홍치는 완벽하게 타이밍이 들어맞은 듯한 그 타격음에 타구가 펜스를 넘어 가리라고 판단한 듯, 타구를 바라보지 않고, 그저 애꿎은 마운드를 발로 다지며 다음 타자를 상대할 준비를 하고 있었다.

경기장에 있는 모두의 시선은 큼지막한 포물선을 그리며 센터 방면으로 뻗어가는 타구를 향해 있었다.

타다닷!

그리고 그런 이들 사이로 단 한 명, 민우만이 하늘 높이 떠오른 타구를 바라보며 펜스를 향해 내달리기 시작했다.

—당겨 쳤습니다! 제대로 퍼 올린 듯 하늘 높이 뻗어 올라
가는 타구입니다! 펜스를 향해 계속 날아가는 타구!

—우중간 방면으로 향하는 큰 타구! 중견수가 빠르게 쫓아
달려갑니다!

　브라운이 배트를 내돌리는 순간, 머리 위에 떠오른 화살표
와 타구의 궤적을 알려주는 라인은 짙은 붉은색을 띠고 있었
다.

　그리고 라인의 끄트머리는 펜스의 위쪽으로 지나가고 있었
다.

　명백한 홈런의 궤적이었지만 회색이 아니라는 건, 잡을 확
률이 0%가 아니라는 의미였다.

　정면으로 보이는 관중들이 기대에 찬 시선으로 자신을 바
라보고 있는 모습이 민우의 눈에 들어왔다.

　그 모습에 민우는 기대를 저버리고 싶지 않은 마음에 샘솟
았다.

　'반드시 잡아낸다.'

　펜스와 타구의 위치를 번갈아 확인하던 민우가 워닝 트랙
부근에 거의 도달함과 동시에 높은 포물선을 그리던 타구는
하강을 시작해 곧 펜스 위쪽을 지나 넘어갈 듯 보이고 있었다.

　'조금만 더, 조금만 더.'

　민우는 타이밍을 맞추기 위해 워닝 트랙에 들어서며 잔걸

음을 내디뎠다.

그리고 찰나의 순간.

'지금!'

"하앗!"

타닥!

민우는 담장을 타고 오르는 고양이와 같이 날렵한 몸짓으로 펜스를 강하게 디디고는 곧 탄력을 붙이며 허공으로 몸을 던졌다.

그와 동시에 글러브를 쥔 손을 하늘을 향해 힘껏 뻗었다.

곧, 쭉 뻗어진 민우의 글러브가 타구 궤적을 알려주는 라인의 끝에 걸치는 순간.

팍!

펜스를 넘어가던 타구가 민우의 글러브 끝에 걸리며 가죽이 울리는 소리를 내뱉었다.

동시에 공이 빠져나가지 않도록 글러브를 강하게 말아 쥔 민우가 가벼운 몸놀림을 보이며 바닥에 내려섰다.

그 모습을 눈앞에서 조마조마한 심정으로 지켜보고 있던 다저스의 팬들이 눈을 휘둥그렇게 뜨더니, 곧 환한 미소를 지으며 양손을 들어 올렸다.

"우아아아아아!"

"아웃이다!!"

"홈런을 걷어냈어!"

"루키 녀석이 저런 점핑 캐치를 보여주다니! 대박!!"

—강민우가! 강민우가! 잡아~ 냅니다! 오! 마이! 갓! 강민우 선수가 펜스를 딛고 몸을 띄우더니 펜스를 넘어갈 듯 보이던 브라운의 타구를 걷어내 그라운드 안으로 끌고 와버렸습니다. 와우!

—와~ 정말 큰 포물선을 그리는 큼지막한 타구였는데요. 이건 거의 홈런이나 마찬가지였거든요. 저 정도면 포기할 법도 한데 말이죠. 강민우 선수가 엄청난 집중력을 보이더니 결국 홈런을 훔쳐내고 말았습니다!

—펜스가 앞을 가로막자, 문제될 것 없다는 듯이 곧장 위로 몸을 날리는 모습은 가히 예술적이었다고 표현할 수 있겠습니다!

—필리스로서는 다시금 한 점을 달아날 수 있는 기회였는데요. 이제 갓 데뷔한, 타석에서 이미 자신들에게 강력한 한 방을 먹인 루키의 환상적인 수비로 인해 다시금 저지당하고 말았습니다. 스코어는 그대로 2 대 3! 아웃 카운트만 2개로 올라갔습니다!

관중들은 쉽사리 진정이 되지 않는 듯, 계속해서 휘파람을 불며 민우를 향해 애정 어린 목소리를 내고 있었다.

"잘했어, 인마!"

"너 이 자식! 완전 예뻐해 주마! 와하하!"

"캠프 녀석보다 네가 훨씬 낫다!"

단 한 번의 수비였지만, 너무나도 환상적인 움직임에 벌써부터 팬들에게 호감으로 자리 잡기 시작한 민우였다.

민우는 관중들의 격한 반응에 가슴이 뿌듯해지는 것을 느끼고는 입가에 옅은 미소를 지었다.

'오늘은 비록 대타로 출전했지만, 기필코 이 자리를 내 자리로 만들고 말겠어.'

민우는 마운드 위에서 머리 위로 양손을 든 채, 자신을 향해 가볍게 박수를 보내고 있는 귀홍치에게 검지와 소지를 들어 보였다.

그 모습에 입꼬리를 말아 올린 귀홍치가 다시금 등을 돌려 타석을 바라봤다.

민우는 글러브를 낀 손을 쥐었다 폈다 해 보이고는 천천히 고개를 끄덕이며 눈을 빛냈다.

'얼마든지 보내라! 다 잡아주겠어!'

민우의 호수비로 한층 부담을 덜어낸 귀홍치는 이후, 1번 타자인 롤린스를 공 2개 만에 유격수 땅볼로 돌려세우며 9회 초를 깔끔하게 마무리 지었다.

9회 말, 필리스는 더 이상의 실점을 허용하지 않겠다는 듯 부동의 마무리 투수 릿지를 등판시켰다.

우완 오버핸드 투수인 릿지는 94마일(151㎞)의 포심 패스트
볼과 84마일대의 종으로 떨어지는 슬라이더를 던지는 투 피
치 유형의 투수였다.

릿지는 지난 시즌, 엄청난 부진을 보이기 시작하더니 올 시
즌도 부상과 부진으로 7월까지 무려 5.57의 방어율을 보이며
기록적인 부진을 이어가고 있었다.

하지만 8월 한 달 동안 13경기에서 단 1점만을 내어주며
0.73이라는 방어율을 기록하면서 완벽히 부활에 성공한 상태
였다.

그렇지 않아도 시즌 내내 죽을 쑤고 있는 다저스의 물타선
에게 릿지의 등판은 가히 저승사자나 다름없다고 할 수 있었
다.

그리고 모두의 예상대로 결과도 크게 다르지는 않았다.

슈우욱!

팡!

"스트라이크 아웃!"

아웃!

"아아! 안 돼!"

"이렇게 질 순 없다고⋯⋯."

"제발! 기븐스!"

삼진 1개와 유격수 앞 땅볼로 순식간에 7, 8번 타자를 잡아
내는 릿지의 위력투에 다저스의 팬들은 두 손을 모은 채 간절

한 눈빛으로 대타로 타석에 들어서는 기븐스를 바라봤다.

기븐스는 8월에만 0.360의 고타율을 기록하고 있었기에 팬들은 그가 다시금 역전의 불씨를 지펴주기를 바라고 있었다.

하지만 그런 팬들의 바람이 무색하게 경기를 마무리 짓기 위해 올라온 릿지의 공은 너무나도 위력적이었다.

슈우욱!

릿지의 손을 떠난 공이 패스트볼의 궤적에서 급격히 아래로 꺾이며 떨어졌다.

딱!

2구째에 배트를 크게 휘두른 기븐스였지만 패스트볼에 타이밍을 맞춘 듯, 완전히 빗맞은 타구는 2루수의 정면으로 힘없이 바운드되고 말았다.

슈욱!

팡!

"아웃!"

기븐스가 채 1루에 도달하기도 전에 1루수의 글러브로 공이 빨려 들어가며 아웃 카운트 3개가 모두 채워졌다.

마운드 위에서 그 모습을 바라보던 릿지가 한 손을 들며 환호성을 내지르는 모습과 대조적으로, 다저스의 더그아웃엔 침울한 표정이 가득했다.

데뷔 경기에서의 패배는 그리 기분 좋은 것은 아니었기에 민우 역시 그들 사이에서 아쉬움 가득한 표정으로 그라운드를 바라보고 있을 뿐이었다.

─아웃! 아웃입니다! 필리스가 한 점 차의 리드를 끝내 지켜내며 다저스 원정에서 위닝 시리즈를 가져갑니다.

캐스터의 경기 종료를 알리는 멘트와 함께 TV로 경기를 지켜보던 이들은 허탈한 표정으로 채널을 돌렸고, 경기장을 가득 메우고 있던 팬들은 아쉬운 표정을 지은 채 하나둘 경기장을 떠나갔다.

다저스는 결국 단 한 점의 차이를 극복하지 못한 채, 필리스에게 승리를 내어주며 1패를 더 추가하고 말았다.

와일드카드 진출을 위해 1승이 소중한 다저스로서는 오늘의 패배가 너무나도 아쉬울 수밖에 없었다.

그나마 다저스의 팬들에게 위안을 주는 것은 강민우라는 슈퍼 루키의 등장이었다.

비록 단 한 타석에 들어선 것뿐이었지만 메이저리그 데뷔 첫 타석에서의 첫 스윙으로 만들어낸 홈런은 메이저리그 역사에도 손에 꼽을 기록이었기에 팬들에게 강렬한 인상을 주기에는 부족함이 없었다.

여기에 다저스의 팬이라면 민우가 마이너리그에서 어떤 활약을 보였는지 익히 알고 있었기에 민우가 앞으로 메이저리그에서 어떤 모습을 보여줄지에 대한 기대치는 꽤나 높았다.

그리고 그런 민우에게 관심을 가지는 것은 다저스의 팬들 뿐이 아니었다.

민우는 라커룸 안쪽에 가득한 취재진을 보고는 어색한 웃음을 보였다.

'역시 메이저리그는 다르구나.'

경기 전, 경기 중, 그리고 경기 후까지 마이너리그와 메이저리그의 차이를 온몸으로 실감하고 있는 민우였다.

비록 팀은 패배했지만 라커룸에는 인터뷰를 위해 찾아온 LA타임즈 이외에도 울프스포츠, ASPN등의 취재진들이 자신들의 로고가 그려진 조끼를 입은 채 자리를 잡고 인터뷰를 진행하고 있었다.

그 모습과 마이너리그에서 대기록 달성에 실패했을 때 찾아왔던 취재진의 모습이 자연스럽게 오버랩되자 민우는 어색한 미소를 지어 보였다.

'어?'

그리고 그 사이에서 민우는 예상치 못한 얼굴을 발견하고는 놀란 표정을 지어 보였다.

한국에 있어야 할 아름이 다저스의 라커룸에서 민우와 함께 승격한 젠슨과 인터뷰를 진행하고 있었기 때문이다.

"이아름 기자님?"

가까운 곳에서 민우의 목소리가 들려오자 약간은 구김이

져 있는 옷차림에 살짝 멍해 보이는 얼굴로 인터뷰를 진행하고 있던 아름이 고개를 돌려 자신을 부른 이를 확인했다.

그리고 그 얼굴을 확인한 아름이 곧 젠슨의 대답이 끝나자 양해를 구하고는 곧 몸을 돌려 민우를 바라봤다.

"강민우 선수! 정말 오랜만이네요?"

아름의 입에서 민우의 이름이 나오자 오늘 다저스의 선발로 나섰던 커쇼를 인터뷰하고 있던 기자들이 고개를 돌려 민우를 힐끔 쳐다보는 것이 느껴졌다.

아름은 인사를 건네며 무언가 불만이 있다는 듯 잠시 민우를 노려봤다.

하지만 민우는 아름의 그런 눈빛을 읽지 못한 채 그저 반갑다는 듯이 인사를 건넸다.

"예, 반가워요. 미국에는 또 언제 오신 거예요?"

민우의 눈빛이나 표정, 목소리엔 그저 아름에 대한 반가움만이 담겨 있었다.

그 모습에 아름은 순간 자신이 화를 낼 상황인지 고민이 된다는 듯한 표정을 지어 보이고는, 곧 가볍게 한숨을 푹 쉬며 속으로 푸념을 내뱉었다.

'표정을 보니 일부러 승격에 대해서 알려주지 않은 건 아닌 것 같긴 한데… 쩝. 그래도 메이저리그에 올라갔다고 코코아톡 한 통만 넣어주면 얼마나 좋아. 누이 좋고 매부 좋고란 말도 모르나.'

아름이 이런 불만을 가지는 이유는 너무나도 촉박하게 돌아가는 일 때문이었다.

아름은 여느 때처럼 출근과 함께 습관적으로 민우의 경기 일정을 확인하며 하루 일과를 시작했다.

그런데 곧 채터누가의 8월 마지막 경기에서 민우가 라인업에서 제외된 것을 발견하고는 의문을 느꼈었다.

예상치 못한 상황에 아름은 부상부터 시작해서 여러 가지 경우의 수를 생각하던 중, 메이저리그의 로스터 확장이 9월 1일부터라는 것을 떠올리고는 혹시나 하는 생각을 가졌었다.

가장 먼저 민우에게 보냈던 코코아톡은 시차 때문인지 답장이 올 생각이 없어 보였다.

아름은 무슨 일이 생긴 건지 확실히 확인하기 위해 곧장 채터누가 구단에 확인을 요청했었다.

그들의 대답을 들은 아름의 머릿속이 새하얘졌다.

'메이저리그로의 콜 업.'

그 이야기를 듣자 아름의 뇌리에는 여러 가지 단어가 떠올랐다.

특종, 대박, 단독 보도…….

사실을 확인하자 그 다음 순서는 일사천리로 진행되었다.

빠르게 상부에 보고를 올리고, 허락이 떨어지자마자 곧장 미국행 비행기에 몸을 실었다.

다저스타디움에 도착한 것은 경기가 끝나기 2시간가량 전이었다.

시간적으로 조금이나마 여유가 있어 저렴한 경유 노선을 타고 긴 비행을 통해 LA로 날아왔지만 추가로 해결해야 할 일이 남아 있었다.

출입 기자증이 없으면 라커룸에 출입을 할 수 없었기에, 일사천리로 일을 처리하고 3일짜리 단기 출입기자 자격을 겨우 얻을 수 있었던 것이다.

아름은 단 하루 만에 너무나도 급박하게 돌아가는 상황에 급격한 피로감을 느끼고 있었다.

사실 한국인 현역 메이저리거의 탄생이라는 건 그 자체만으로도 이 정도의 노력이 아깝지 않을 정도의 특종이라고 할 수 있었다.

하지만 아름은 막상 민우의 얼굴을 보니 기쁨과는 별개로 심통이 나는 것은 어쩔 수가 없었다.

'물론 기자인 내가 발로 뛰어야 하는 게 맞긴 하지만… 여긴 미국이잖아. 지구 반대편! 한계가 있다고, 한계가.'

사실 아름은 민우가 자신과 친해져서 손해 볼 것이 없다는 생각을 하고 있었다.

아름으로서는 누구보다 빠르고 정확하게 민우에 대한 경쟁력 있는 기사를 올려 점유율을 올릴 수 있고, 민우에게는 한국에서의 인지도를 쌓고 그 상품성을 높일 수 있는, 상부상조라고 생각하고 있었다.

그렇기에 지난날, 먼 미국까지 날아와 민우에게 관심을 표하고 인터뷰를 하는 노력을 마다하지 않았던 것이기도 했다.

하지만 아름은 그런 자신의 노력을 몰라주는 민우에게 살짝 섭섭한 감정이 가슴 한편에 자리 잡고 있었다.

'이 사람은 이런 사정은 전혀 모르겠지.'

하루 동안 일어난 엄청난 일들을 빠르게 되새긴 아름이 다시 한 번 푹 하고 한숨을 내쉬었다.

"후-우. 한… 두어 시간 됐어요. 누가 미리 알려줬으면 조금 여유를 가지고 제대로 준비해서 왔을 텐데 말이죠."

"예? 2시간 전이요? 왜 그렇게 급하게 오신 거예요?"

예상치 못한 이야기에 민우는 놀란 표정으로 아름을 바라봤다.

그러고는 아름의 눈가에 자리한 다크 서클을 발견하곤 걱정스러운 눈빛을 보였다.

"눈 밑에 다크서클이… 많이 피곤하신가 봐요."

아름은 자신이 살짝 눈치를 주는 멘트를 뱉었음에도 아무것도 모른다는 듯 그저 걱정스럽다는 표정을 지어 보이는 민우의 모습에 결국 포기했다는 듯 고개를 내저었다.

"제가 미국에 올 일이 강민우 선수 인터뷰 말고 또 뭐가 있겠어요. 제가 걱정되면 저기 미국 기자들 와서 복잡해지기 전에 저랑 인터뷰부터 해주세요. 한국어로!"

마치 억지로 웃는 듯, 입꼬리를 말아 올린 채, 자신을 바라보는 아름의 모습에 민우가 잠시 고개를 갸웃거렸지만 이내 가볍게 고개를 끄덕였다.

"예, 그건 어려울 것 없죠. 지금 바로 하죠."

민우의 승낙이 떨어지자 아름이 곧장 스마트폰의 녹음기를 작동시키며 민우에게 내밀었다.

"첫 번째 질문입니다. 일단 빅리그 무대에 오른 걸 축하드립니다. 그동안 우여곡절이 많았던 것으로 알고 있는데요. 머나먼 타국 땅에서 결국 이렇게 메이저리거라는 꿈을 이룬 소감이 듣고 싶습니다."

아름은 민우에게 물어볼 것이 많다는 듯, 빠르게 질문을 던졌고 민우는 어색한 미소를 지어 보이다가 곧 당돌한 모습으로 그 인터뷰에 응했다.

그리고 민우의 메이저리그 데뷔 소식과 함께 민우의 인터뷰 내용이 더해진 기사는 곧 한국과 미국의 각종 사이트의 스포츠 부분에 게시되기 시작했다.

『메이저리거』 8권에 계속…

초대형 24시·만화방

신간 100%, 샤워실, 흡연실, 수면실(침대석), 커플석, 세탁기 완비

■ 강북 노원역점 ■

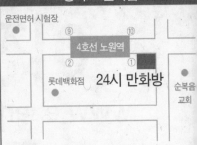

서울 노원구 상계동 340-6 노원역 1번 출구 앞 3층
02) 951-8324 (화용빌딩 3층)

■ 일산 정발산역점 ■

라페스타 E동 건너편 먹자골목 내 객잔건물 5층
031) 914-1957

■ 일산 화정역점 ■

경기도 고양시 덕양구 화정동 984번지 서일빌딩 7층
031) 979-4874 (서일사우나 건물 7층)

■ 부천 역곡역점 ■

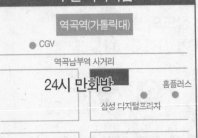

역곡남부역 기업은행 건물 3층
032) 665-5525

■ 부평역점 ■

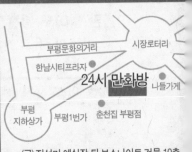

(구) 진선미 예식장 뒤 보스나이트 건물 10층
032) 522-2871

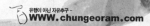

검자 新무협 판타지 소설
FANTASTIC ORIENTAL HEROES

목탁

해적으로 바다를 누비던 청년,
절해고도에 표류해… 절대고수를 만나다!

"목탁은 중생을 구제하는
좋은 이름일세"

더 이상 조무래기 해적은 없다!
거칠지만 다정하고, 가슴속 뜨거운 것을 품은

목탁의 호호탕탕 강호행에
무림이 요동친다!

Book Publishing CHUNGEORAM

유행이 아닌 자유추구
WWW.chungeoram.com